16

All about Love

16

All about Love

於是愛，向我們說再見

16 —— All about Love

Still Close to Me,
Still Far from You

by *Sophia*

疼痛。喘息。以及不能想望的你

一想起阿杰我就一點辦法也沒有。

好一陣子沒有生病正當我以為自己往所謂的健康靠近了那麼一點，卻像被嘲笑一般胃部忽然劇烈的疼痛，灼熱感從內部深處的某一點開始蔓延，彷彿大火逐漸將我燃燒。蹲坐在角落感覺額際沁出液體，冰冷得如同極端的對比：外在所體現的以及我所不得不忍受的。

抽屜裡有止痛藥，雖然這麼想著但我依然壓著腹部一動也不動的瑟縮在角落。也許還是在期待，儘管過了那麼久也還是在期待。咬著下唇我拚命的呼吸，用力的、用力的吸氣，生理上的疼痛無論如何都無法比擬身體內還滴著血的傷口，在安靜的夜晚總是會聽見滴答滴答的聲音，不管過了一個月或是一年，甚至是相隔遙遠的現在也沒辦法癒合。

然而究竟是沒辦法癒合或是根本就不想讓它癒合其實我也分不清楚了。很多事情是不需要被釐清的，追根究柢得到答案之後也沒辦法承受，既然這樣那麼就不要問也不要碰觸，留在那裡縱使無法挽救但也不需要被割捨。

對於阿杰的事情我總是那麼消極。其實也沒辦法積極去做些什麼，無能為力，這四個字狠狠的敲打在我的意識上，無論做什麼都沒有用，事情不會往讓人愉悅的方向邁進。這麼多年來，阿杰像是從來不曾出現在我的世界裡一樣，找不到任何一點屬於他的痕跡，那些狀似能夠說明他存在的什麼也顯得薄弱；然而這和現實之中是不是能夠找尋到他一點關係也沒有，他依然完整而具體的存活在我的體內。只要呼吸就能嗅聞到。

但是我並不這麼想他。不這麼張揚的想起他。或許是因為痛的緣故，我閉起眼忍耐著讓人極度不愉快的痛覺，淚水像是找到空隙一般安靜的滑了出來，順著頰邊留下溫熱卻濕冷的痕跡，一層一層疊覆而上，那些片段那些疼痛那些顏色全都融在一起，時間感距離感空間感在每個向度都失去準確度，彷佛抽象畫一般扭曲在平面上，或許也只有在這種無法被準確辨識的狀態之下才能夠找到額外喘息的空間，才得以清晰一些地想像他的一切。

還是沒有辦法。

這種時候，心底空蕩蕩的那個部分，無論多麼渴望的需要有一個人來填補，但除了阿杰之外誰都沒有辦法，即使靠近了也只是讓我更加明白，除了他以外誰都無法吻合。但是最不可能也最不能夠靠近的，正是阿杰。或許就是註定背負著這樣的空缺，帶著卑微的期盼一天一天的走著，而我那些想望也一點一滴磨損，並不是消逝而是越來越卑微。

只要能見到你就好。

不能被說出口的，無論如何都不能被揭穿。所以我只是因為疼痛，太過疼痛而模糊了意識，那些是能夠被容許的。或許，透過模糊的雙眼看見你的身影時，我也只會當作那是一場夢。

01

為了保全彼此所以兩個人都拚命的往後退。但是這樣的努力同時反噬著自己，看著對方的愛並且帶著自己的愛不得不後退。有時候我總會想這究竟是不是一種懲罰，然而又為什麼非得是我和她不可呢？

花了很長一段時間才終於確認，眼裡所倒映的那個她確實站在那裡。輕輕在嘴角綻放開來的花，和記憶中的畫面太過相似卻又令人感到陌生，彷彿蒙上一層薄霧模糊了她。

我始終不敢太過仔細的思念她。

儘管過了那麼長的一段時光，努力讓自己一步一步往後退，退到幾乎無路可退的地步，仍舊無法直視被蠻橫彌封的那部分。被奪去的究竟是感情或是自己其實我也無法分辨，無論是哪個答案都包覆著她。

我的感情以她作為延伸的中心，同時以她作為趨近的終點。開始與結束都是她。因而在分離之後所經歷的漫長時光中，從來我就只敢模糊的想起她。

然後，在自己毫無防備也來不及防備的瞬間，她的出現比任何人所能猜想的都還要輕易地滑過我意識的邊緣，抵達最深處那個我從來不敢直視的部分。

她就站在那裡。

人群之中偶爾隱去的身影，反覆切割遮蓋重現，並散亂的疊灑在我腦中，彷佛想像而身體卻比意識還要快感到疼痛，那一天的轉身，敲打在意識上的力道太過具切地讓人感受到自己。

世界在我身旁流動我卻靜止在這裡。

或者，在那裡。

喧鬧的街道趨近又遠離的他人太過絢爛的夜，錯身與錯身的短暫彷佛散落一地的煙花，燦爛之後卻什麼也不剩。留下更深更長更加無法填補的空虛。悠悠。長長。

彷佛沒有盡頭也無法終止。

然而那時燃放煙花的她卻站在那裡。

握緊雙手無論多麼渴望趨近都必須轉身。不得不轉身。耗費了很長一段時間才得以適應煙花散盡之後的幽黑，如果在連自己都看不見的黑暗中她又再度點燃盛開的燦爛，那麼就再也看不見自己了。

斂下眼半圓的弧比任何想像都還要艱難，遠得像是億萬光年的彼端，睜開眼卻發現自己仍舊站在原處。無論多麼努力奔跑我始終離不開那裡。

但是至少能留給她一室安寧。

——你什麼時候才要回來看我呢？我啊、很認真的照顧自己就是要等你回來誇獎我啊，再這樣下去，哪天我就決定逆向操作，乾脆躺在醫院讓你看見虛弱得跟鬼一樣的臉。

偶爾往來的信件總是相當簡短，她從來不提及自己的生活，彷彿她所處的時空凍結在飛機起飛那一刻，連帶她的感情也未曾消逝，又或者那只是我自私的想望。我很好喔，就算沒有你我也過得很好。或許她想說的其實是這樣，所以不必逃那麼遠也無所謂，即使待在身邊也無所謂。

但是我不能。

無論是前者或者後者，愛或者不愛，都不是我所能設想的結果。只要看著她我的心就劇烈的動搖，耗盡全身的氣力才得以鬆開她拉扯住的雙手，後來的什麼，無論是什麼，都沒有餘力去面對了。

——今天是你離開之後的第一千兩百三十四天，1234，每天我都在晚上十二點對著大門閉著眼數著 1234，張開眼的時候也許你就會打開那扇門，又或許能夠聽見引擎震動的聲音，但終究是沒有。然後告訴自己沒有你的一天還是開始了。

但是沒辦法一直活在這樣的日子裡，可是我也沒辦法很乾脆的問出一定會得到答案的問題，留下的模糊地帶只是想保護自己也說不定，只是這樣好像會變成對你的傷害，我一直都是這樣一點一點侵蝕著你，因為知道你太過溫柔所以得寸進尺。

好像、不能再這樣下去了。

第一次寫那麼長的信給你，其實只是害怕自己會顯露太多的感情，反而讓你越退越遠；但是這次，我是真的決定要往後退了。

如果，你不打算回來的話，那麼就告訴我你不會回來，這樣，我就不會等你了。

這樣，我就不會等你了。

那是她寄給我的最後一封信件。盯望著最後那行字一整個晚上，我就不會等你了，這七個字像融進意識一樣黏附在我的身上，就像看見前方是死巷也不願意承認一樣繼續往前走，終於走到死巷盡頭仍舊不願意放棄，非得用力撞上確認那裡確確實實是一道無法通過無法翻越也無法摧毀的牆，才跌坐在冰冷的地面。

因為撞得太過用力所以暫時無法離開，反覆的說服自己卻貼著冰冷牆面試圖聽見彼端的聲響。

——好好照顧自己。

沒辦法斷然回覆「我不會回去」也不能夠洩漏自己的心思，最後只能寫下這樣的字句。而她和我僅剩的連結在信件之後也無聲斷裂了。

這樣，我就不會等你了。

所以無論如何我都不應該出現在她的等待之外。

□

「阿杰……？」

右腳已經處在移動即將開始的那一點，卻被來自身後緩慢而輕的聲音連同意識一併凍結。或許一直以來我都是以這樣的狀態活著，極其努力的想要移動，用盡力氣好不容易讓自己的身體產生了移動的可能性，卻只因她輕輕的呼喚，醞釀轉動的世界又再度凝滯。

從來就不會被錯認。她的聲音。

我無法逃離，有她的世界。

因為我無法逃離自己：稱之為我的世界，中心卻映著她的身影。

「是、你嗎？」

她輕聲確認著背對她的我，太過小心翼翼，這樣的她和我的記憶微微錯開，卻因為無法疊合的部分看見那時候沒辦法清楚理解的什麼。

如果我說不是，或許她也能夠理解。儘管她也從來不會錯認我的身影。

她的確認，是留給我的餘地。

餘地。

為了保全彼此所以兩個人都拚命的往後退。但是這樣的努力同時反噬著自己，看著對方的愛並且帶著自己的愛不得不後退。有時候我總會想這究竟是不是一種懲罰，然而又為什麼非得是我和她不可呢？

我們只是單純想愛著對方。並且比世界上任何一個人都還要努力去愛著。

僅此而已。

然而如此微小且有限的期盼卻被貼上不可饒恕的罪名。

不能讓她背負著這樣的罪。不能讓她承受如此蠻橫的痛苦。這是唯一我能保護她的方式。

但是她就站在我的身後。

劇烈震動的我的意識，在她的愛情裡存活的我已經成為一種過去，至少她的聲音裡不帶著能夠被指認的感情，僅僅基於一種久違的重逢。

這樣，我就不會等你了。

她從來就不會對我說謊。從來沒有。

我應該為此感到安心，但泛開的卻是疼痛的苦澀。

我終究還是轉身望向她。並不單單因為她的聲音，而是我遠比自己所能承認的還要思念她。或許就這麼一眼，給長久以來拚命忍耐的自己一點卑微的寬容。

我們之間已經相距了數十萬光年了。無論多麼痛苦都是一種現實。

「我還以為是自己看錯了。」

她的嘴角泛開淡而淺的笑容，那是我從來沒看過的表情，站在一個跨步之外的她身形依然單薄，過於白皙的肌膚因為頰邊的紅暈而稍稍讓人安心，好不容易才將視線移到她的雙眼，那裡並沒有我所盼望我不敢盼望以及，我不能盼望的餘燼。

「趕時間嗎？」

「沒有，工作剛結束。」

「那就送我回去吧。」

並著肩走在她的身邊，幾乎沒有交談就只是這麼走著，沒有任何探問彷彿只是很自然地接受了我的出現，最近好嗎、什麼時候回來的、現在在做些什麼呢、為什麼出現在這裡呢，這類的問號或者被稱之為寒暄的話題都沒有出現，她就只是安靜的走著。

彷彿在我們之間什麼也不曾留下。

「不住在家裡了嗎？」

「嗯，搬出來一年多了。」她輕輕扯開笑容，並沒有看我，「很訝異嗎？雖然我媽歇斯底里了好一陣子，但爸站在我這邊，事實上我也有點意外，但終究我媽還是接受現實了。」她說：「所謂的現實，就是不得不接受呢。」

在她的語句之後我的身體裡像是有哪個地方忽然塌陷了，安靜卻不容忽視的崩塌。我們的生命終存在著許多現實，即使到最後仍舊不得不接受，然而理智上的接受與情感上的接受卻是被截然劃分開來的。拉扯的正是這樣的衝突，抓握著現實的理智拚命讓自己後退，抵抗著現實的情感卻又毫不留情地啃食著自己。

我們就是在這樣的世界裡努力活著。

「身體，沒關係嗎？」

「如果跟你記憶裡的那個我相比的話，我想身體狀況是你最不需要擔心的部分。」

她的話語之中彷彿帶著很深的隱喻，又或許只是我過度延伸，在我和她之間有太多的話不能被說出口，因而有太多心思不能夠被證實。只能不斷的臆測。於是在彼此之間留下太過遼闊的灰色區域，無法跨越、無法靠近也無法離開。

「妳一個人住嗎？」

「嗯。我不是那種可以和另一個人共同生活的人。」踩在影子上她很輕很輕的走著，「其實我到現在還不是很能肯定走在身邊的這個人就是阿杰，雖然相似卻又有著疊合不上的部分。好像高了一些、好像壯了一點、好像成熟穩重很多，但只能用『好像』沒辦法肯定，因為我根本沒辦法確認記憶中那個阿杰。只是，至少有一點能夠清楚的判斷，從前的阿杰並不會像現在一樣努力說著話，所以，大概能夠告訴自己，過去的那個阿杰已經不存在了吧。」

她停下腳步。

「所以，」終於抬起頭望進我的雙眼，「像這樣肩並肩走在一起也沒有關係吧。」

我斂下眼，也許再多一秒鐘的凝望就會被看穿，這一切都是偽裝，所有的一切都是偽裝，絲毫沒有選擇餘地，打從一開始所謂的結局就已經被決定了，不知道被哪個人蠻橫的決定了，因而構成了所謂的現實。

彼此都太過清楚，對於現實我們從來就無能為力。

「寶寶……」

「你回來了呢。」她漾開淺卻眩目的笑容，軟而輕的語調卻重重敲打在我的意識之上，「你終於回來了。」

你終於回來了。

她的聲音輕輕敲打在我的意識之上，回來，我的視線緊緊鎖著地面的某一點，最後她停下腳步，對於我過低的視線並沒有多說什麼，我看見她的淡黃色帆布鞋向著我。我知道她正凝望著我，如同過去我總在她闔眼之後深深望著她一樣。

「阿杰，」她說，「**我知道你會回來。**」

□

沒有開燈放棄所有施力讓整個身體陷在沙發裡，窗外透著微微的光，這個城市從來沒有真正的黑暗。或許這樣的狀態最讓人感到悲哀，想看見卻無法仔細的辨認，不想看見卻又無法不看見，關了燈卻暗不了的無力感默默的延伸，膠著於模糊之中的意識沒有辦法、一點辦法也沒有克制。

盯望著透著微光的某一點，窗外，也許是某個人點上的燈又或許是試圖引人注目的招牌，那不重要，儘管我努力將思緒轉移到任何可能的位置，卻像被強大磁力牽引拉扯，最後只能回到起初的原點。

我不斷想著她。**我的姊姊**。

這麼多年來我始終處於逼迫自己接受同時逃避著事實的狀態之中，理智上明白這一點，太過深刻的明白，但情感上的反作用力卻也同樣深切，那個時候也許再多待一秒鐘我就會義無反顧，但我不能，縱使能夠失去自己也不能毀了她的世界，所以我逃了，飛越遙遠的海洋我逃到加拿大，但其實我從來，都沒有真正逃開。

因為她就站在我生命的中心。

閉上雙眼她的輪廓清楚地浮現在眼前，終於我放棄抵抗，那樣的抵抗從來就只是自我安慰。**就到這裡吧**。我聽見她帶著深沉靜謐的聲音落在我的肌膚，細微卻無法忽略的顫動，終究我還是抬起眼，迎上那熟悉卻透著遙遠的黑眸。

我知道你會回來。

深深吸了一口氣我不敢猜想這句話是否藏有更深的意涵，然而她轉身離去，沒有道別也沒有停頓，只是走得非常緩慢，慢得足以讓人想起那有她的曾經。

但那終究只能是一種，曾經。

02

我只是反覆催眠自己這裡沒有她。然而回到熟悉的場域，那樣的咒語全然失效，取而代之的是硬被壓抑的畫面，這五年來被蠻橫壓制的記憶彷彿找到施力點，一口氣衝上思緒，散落在每一個顏色之中。

於是每個顏色裡都有她。

「如果十年後我能記住的就是你的側臉，那你現在能不能轉頭過來看我？」

做了一場漫長的夢，坐起身我猛烈地呼吸，汗水沾濕了衣服回過神卻發現天還沒亮，低著頭我的身體失卻所有力氣，微微陷入床墊的身體絲毫無法移動，我的意識也難以抽身。

有一段時間我幾乎分不清夢和現實，她在身邊或者不在身邊，必須耗費極大的力氣才得以分辨。無論是五年前或者更久之前的八年。

我和她之間所阻隔的並不是簡單的愛或者不愛，最早是來自於對彼此愛情的不安，那時的我們太過年少，等到勉強能夠面對自身面對情感時卻只剩下後退這唯一選項。現實是絕對而冷酷的，我們能夠跨越時間跨越空間跨越階級卻無論如何都不能跨越血緣。

血緣。起初並不是這樣，縱使明白所謂的血緣打從自身成為生命的瞬間就已經無可改變，但那並不是我和她的起點。

一開始我的生命裡並沒有父親的位置，偶爾會猜想這個人但逐漸不再那麼重要，她走進我生命的時刻是這樣，甚至我們曾經一起想像我的父親，那時候我不會知道，所謂的父親能夠帶來的影響是那麼巨大那麼絕對，那麼、讓人無能為力。

十九歲那年父親終於自想像成為實體，然而從那一天開始我所努力的並不是得到更多屬於父親的記憶，而是避免讓自己擁有更多包含她的記憶。

這世界上不會有多少人能夠預料到，見到自己親生父親的同時，他身旁坐著的，女兒，和我流著一半相同血液的姊姊，會是自己的初戀。

並且是，在分離三年之後還愛著的人。

「叫你阿杰好不好？」她說，「你來坐我旁邊好不好，這樣說話要好大聲我好累。」

我和她是同班同學但她並不記得我，順著她的話慢慢走向她，帶著一些猶豫最後還是在她身旁坐下。靠得有點近，我感到有些侷促但她似乎一點也不在意。保健室裡的氣味相當強烈，每一節童軍課她總是用蒼白的臉對老師說她不舒服，但她的臉一直都那麼蒼白，體育課也是，所有需要活動的課她總是設法離開。

我一直望著她。不知道從什麼時候開始意識到的時候就已經這樣了，所以那一天，幾乎像失去理智一樣決定缺席童軍課。那是所有錯誤的起點。但是如果一切能夠翻轉重來，也許到了那一瞬間我依然會走向她。

或許我始終不認為那是錯誤。儘管必須以錯誤指稱那份感情。

我們開始在他人的眼光之外頻繁的來往，彷彿一種秘密，我猜不透她的心思，我想誰也猜不透，她總是帶著淺淺的笑溫柔的望著每個人，但那種溫柔是一種絕對的疏離。在我眼前的她顯得真實，但不那麼確切，當時太過年少所以並不明白，那份飄忽並不是來自於她而是我自己。

她一直等著我伸出手，帶著笑容拚命忍耐著，把手給我，因為她這麼說所以才伸出手的我，對她而言這樣的動作只是暫時的安慰，能填補的永遠趕不上體內塌陷的速度。我們以極度危險的平衡拉著手，懷抱著濃烈愛情的兩端之間，連結卻彷彿絲線那麼細，到底是承載不了。

於是我們帶著對彼此巨大的感情各自離去，也許那樣的分離是一種殘忍的寬容，至少我們所造成的錯誤終究是她和我的秘密。

「阿杰我們去吃冰。」

「妳不能吃冰。」

「那阿杰你唱歌給我聽。」

「我不會唱歌。」

「可是我很無聊。」

「我可以騎腳踏車載妳。」

「好吧。」

她的臉頰貼靠在我的背上，我的身體感到一股灼燙，我們靠得那麼近卻什麼也不能夠被確定。我不懂愛情，那時候不懂，或許現在也還是不懂，唯一我所能做的就只有凝望著她，盡我所能的對她好，至少想多看見一點她的笑，真正的笑容。

「阿杰身上有沐浴乳的香味。」她的手伸向前環抱住我，「但是我身上大概都是藥味。」

那也沒關係。但是我沒有說話，大多時候我總是聽著，她習慣留下一段長長的留白等著我回應，等不到我聲音的時候她就若無其事的往下說，這是她對我的寬容；並不是沒有話想說，而是不知道該如何說出口，我體內陌生的感情讓我感到不知所措。

「我每天都吃很多藥，所以學校裡我最喜歡的地方是保健室，不是因為喜歡藥的味道，而是因為在那裡別人不會聞到我身上的藥味。」她的聲音淡卻顯得惆悵，「小時候大家都不跟我玩呢，因為他們的媽媽說不可以，再大一點他們說我身上有討厭的味道，以為會這樣一直被討厭下去的時候，自己突然變成其他人想照顧的對象，很好笑對吧，明明是一樣的事情。所以我啊，沒辦法真正去喜歡一個人，不管那個人對我多好，但從來就沒有真正看見過我，他們看見的都是自己想像出來的我，其實每個人都是，只是我沒辦法忍受這件事而已。

「但是阿杰好像不一樣呢。」她輕輕的笑了，「說不定因為是在保健室認識的，所以就覺得你沒聞到我身上的藥味，可是現在，覺得就算阿杰聞到了也不會有所改變吧。雖然我也分不清楚是自己希望還是真的是這樣，但那也不是很重要，反正，阿杰已經在我身邊了。」

沖了一杯過濃的咖啡，靠著冰冷的牆嗅聞著濃郁的氣味，低溫從背後襲來，卻掩蓋不過記憶裡來自於她的溫暖。

我的意志始終太過薄弱。

「欸，你喜不喜歡我啊？」

她很仔細地注視我，她的口吻太過日常一時間我不知道該如何反應，喜歡，也許這麼回答會讓她猛然後退，我只是開玩笑呢，她並不是會這麼做的人但我卻害怕這樣的可能。

最後我沉默的望著她。

「那我們交往吧。」

這不在我的想像中，儘管我們靠得那麼近我卻總是迴避這樣的念頭，害怕自己太過貪心而忍不住跨步往前。

她輕輕的笑著，拉起我的手，桌上紙張凌亂鮮豔，我想起那時候我正在替她做美術作業。緩慢的她靠在我的胸前，我的心跳急遽加快，微微顫抖的手也許她察覺了，但她只是安靜聽著我的心跳。

「阿杰做的美術作業大概會被發現不是我做的，上次的圖我畫得亂七八糟，明明是素描卻跟實物一點都不像，但是我看見的東西就是長那樣啊，所謂的藝術不就是這樣嗎，你看見的跟我看見的本來就不一樣，真是麻煩，我最討厭麻煩的事情了。

「所以阿杰看見的世界和我看見的世界是不一樣的吧，那也沒有關係，跟世界沒有關係，我看見的是阿杰就好。」低下頭我凝望著靠在我胸前的她，如果可以，我願意以任何事物交換那一瞬間，「所以我，也只會讓阿杰看見。」

□

「睡不好嗎？臉色那麼差。」

「有一點。」

一踏進事務所就迎上知繪的詢問，勉強扯了一點笑容沒有力氣說更多的話，筆直走向辦公室輕輕帶上門，儘管是只有三個人的工作場所卻也因此更加無從迴避來自另外兩人的關心。

關於寶寶的一切無論是誰我都不希望讓另一個人碰觸。

那是我的自私，也是我所能擁有的、全部的自私了。

但愷威不會知道這一點。禮貌性的敲了門旋即開門走向我，低下頭翻開資料夾這樣的動作足以讓他明白我需要獨處，大多時候他會理解，但在我最需要他理解的今天卻沒有。

我只好抬起頭。

「知繪說你看起來很糟，我還以為她說得太誇張，但現在覺得她有些輕描淡寫。」

「我只是睡不好。」

「我們不是剛認識。」愷威沒有放過我的打算，「我不是想要逼你，但換了事務所地點之後你就開始若有所思，就算純粹以合作夥伴的立場也應該弄清楚，至少要確定是不是磁場或是風水不對的問題，是吧？」

一年前我就回到台灣了，一直藉由距離來說服自己也許會因而永遠無法跨越，所以下定決心回來，和愷威開了一間事務所，工作比預想來得順利，起初動盪的心也逐漸平穩，我開始相信自己能夠將所有感情密封，直到愷威提議搬遷。

這裡的確更有利於業務，開始增加的業務能夠輕鬆負擔有些昂貴的租金，我沒有反對的理由，但這裡是我和她曾經共同生活的地方，真正回到這裡我才明白，那些自以為的跨越只是一種假象。

我只是反覆催眠自己這裡沒有她。然而回到熟悉的場域，那樣的咒語全然失效，取而代之的是硬被壓抑的畫面，這五年來被蠻橫壓制的記憶彷彿找到施力點，一口氣衝上思緒，散落在每一個顏色之中。

於是每個顏色裡都有她。

「我只是有點累，接下來案件沒那麼多就會恢復了。」

「雖然不相信你但也只能暫時接受，不過你知道，身為你的朋友我不可能視而不見，所以你就徹底恢復；不然就算要架著你，我也要逼問出你的煩惱。」

「我知道，雖然不需要但還是謝謝你。」

「雖然不需要你的謝謝但我還是接受了。」

我又踏上那條喧鬧的街。

精神有些恍惚，或許是因為這樣所以情感凌駕於理智之上，那天就是在這裡遇見她，不該盼望卻還是這麼盼望了。她沒有探問我的生活，也沒有聯繫的試圖，我明白，我們之間已經不能有比偶然更多的偶然了。

逐漸踏離過於熱鬧的街道但這座城市從來就沒有安靜的餘地，模糊的聲音拉近又飄遠，那家蛋糕店明明就不好吃怎麼都不會倒呢，五年前她拉著我走進眼前這家蛋糕店，那時候她已經是我的姊姊了，但她卻選擇忽視。

「三年前覺得難吃的蛋糕三年後還是覺得難吃，是我的味蕾被藥破壞光了還是這些人跟我們一樣反覆來確認『這裡是不是跟以前一樣難吃』這件事。」她翻弄著鋪滿奶油的海綿蛋糕，用著意味深長的口吻清晰的說著，「只要確認了『一樣』這一點，就好像，能夠拿起等號連結相關的事物，最後就會得到『其實什麼都沒有改變』的結果。

「其他的什麼都無所謂，變得亂七八糟也沒關係，只要，阿杰不要改變就好。」

這間蛋糕店還是沒有倒呢。我忍下了想推開門的念頭，無論蛋糕的味道變或不變都是沉重，如同她的愛情、我的愛情，以及我們的愛情，變或不變都是煎熬。

「彥杰？」

身體突然感到緊繃，僵直在原地有一瞬間我無法動彈，不是寶寶，不是，她不會這麼叫我，花了幾秒鐘的時間我才轉向聲音的來源，她已經走到我的旁邊，是知繪。

「剛剛一直不敢確定，還以為自己認錯人。」她揚起笑容輕快的說著，「你明明不喜歡吃甜食怎麼會站在蛋糕店前那麼久？」

「沒什麼。」

「是嗎。」她沒有追問，「吃過晚飯了嗎？」

「還沒。」

「那要一起吃嗎？聽說附近有一間評價很好的餐廳呢。」

□

「這裡的藍帶豬排聽說很棒呢，一直想來可是總覺得一個人走進這樣的餐廳有點不自在。」

知繪一直在說話，我沒有聽得很清楚，服務生在玻璃杯裡注滿了水，雖然有些嘈雜但我確實聽見水的聲音。水蜜桃水。隱約的甜味飄送過來，這樣的距離我不可能聞到，氣味不是來自玻璃杯裡的澄清液體，而是來自於記憶。

我來過這裡。

第一次見到我的父親與我的，姊姊，的地方。

「怎麼了嗎？」

「什麼？」

「看你一直在發呆，有心事嗎？還是不喜歡這裡？」知繪是個開朗率直的人，但對我而言偶爾太過積極了點，「還是不喜歡跟我一起吃飯？」

知繪是愷威認識的人，朋友的妹妹，這種不遠不近的關係讓她得到面試的優先權卻又能客觀評斷她的能力，但我們也只是需要一個會計兼總機而已，所以也沒特別的要求，愷威曾經這麼說，但知繪的表現確實超出我們的預想。

而她對拉近關係的積極也超出我的預想。

「我只是有點累，精神沒辦法太集中。」

「那就好好吃頓飯，回家睡一覺，這比什麼都還要有效。」

「嗯。」

餐點很快就被擺在素淨的餐桌上，我不記得這裡食物的味道，所有一切都過於清晰的銘印在記憶之中卻唯獨食物的味道，人總是無法什麼也不漏的記下全部，無論多麼重要或者多麼震撼的畫面都一樣。

所以我總是在想，關於她的記憶之中被遺漏的究竟是哪個部分，儘管這麼想著卻無法更加仔細的思索，於是留下一個找不到答案的問號。

「那間餐廳的藍帶豬排很好吃呢，阿杰點的餐看起來也很好吃的樣子，那天差一點就想要你給我吃一口，不過還是忍下來了，現在想想有點可惜呢。但就算覺得可惜，就算那裡是全世界最美味的餐廳，我也絕對不會再踏進那裡。有時候還會想，如果沒有那間餐廳說不定就不會有那頓晚餐，沒有那頓晚餐說不定我們就不是姊弟了，雖然知道不可能，但如果沒有歸咎的對象，說不定就會開始恨起爸爸、恨起阿杰的媽媽，也說不定根本沒辦法恨他們，所以最後就不得不恨自己了。」

寶寶躺在我的腿上，吃完飯之後她總是這樣，我要睡午覺，這麼說完就側過身閉上眼，她不看我之後我才能夠凝望她，她知道這點所以才閉上眼。

我的手垂放在兩側，從前我會摸著她的頭，但不行，我已經是她的弟弟了。因為是弟弟所以沒關係。她總是這麼說著，以這樣一句話作為靠近的合理解釋，但是她沒有，從來沒有以姊姊的目光注視著我，我也沒有。

儘管如此我們卻遊走在灰色地帶危險地依偎在一起，只有一下下沒有關係，因為是姊弟所以沒有關係，一次又一次說著，自我說服的同時我們卻更加明白，正因為無法接受現狀才必須大聲說著。

我們是姊弟喔。最後到底是要說給誰聽我也弄不明白了，只是不這麼說不行，不這麼說就會陷下去也說不定。

不這麼做我們就會溺斃，然而一旦這麼做了我們也還是會溺斃，踏出海關的那一瞬間我突然明白了這一點，壓抑不住自己體內的情感終究我還是回頭了，父親和父親的妻子在遠處望著我，我的目光卻膠著在她的背影。

一動也不動的背對著我。

那是一種隱喻。我能做到的也就只有這麼多了。我彷彿聽見她的聲音，如回音一般在耳邊以太過遙遠的語調響著。沒辦法後退但為了阿杰我會拚命逼自己不要靠近，所以阿杰，離開台灣也好永遠不回來也沒有關係，雖然這麼說但逐漸地我還是會忍耐不住想拉住你也說不定，但是我一直都是這麼任性，阿杰就當作我只是個想要糖吃的小孩不要回應就好，也許有一天我就會長大，那時候就算想吃糖，也能夠忍住不要了。

忍住。不要。她從來沒有說過她會捨棄。

儘管她是我的姊姊。所以我必須連她的部分一起，牢牢地記住這一點。

「阿杰，我好睏，本來說要睡午覺就是要睡著但阿杰在的時候我就會拚命讓自己清醒，因為這是一天之中唯一能夠靠在阿杰身邊的時候。從小我就沒辦法跟佳佳那麼親近，所以多一個弟弟也不錯，至少有人會陪我睡午覺……」

喝了一口帶著微微甜味的水，知繪繼續說著話，沒辦法讓話意進到意識裡，我只能假裝自己在聽。假裝自己從來沒來過這裡。

「阿杰，人總是會學會假裝，但如果有一天開始習慣假裝，那麼就再也來不及了。」

「什麼來不及？」

「這裡。」她指著我的胸口，「這裡面，已經有無法挽回的東西了。」

03

在某些夜裡她走進我的房間，她踏進的瞬間我和她之間的拉扯已經出現裂縫，某些什麼開始從裂縫裡滲入又有某些什麼從裂縫裡滲出，於是兩個人無可避免的失速旋轉最後重重摔落。

「王彥杰？」

我認不太出來眼前這個興奮喊著我的女人，似乎勾動記憶某處但被時間風化而逝的部分大過留下的，她理解地笑了，「亞美啦。沒關係你不是第一個沒認出我的人。」

重新踏上這塊土地並不意味著「回來」，我猜想真正的回來是從遇見寶寶那天開始，也許是巧合又或許是我體內深層的意念牽引著這一切，站在蛋糕店前、踏進那間餐廳、反覆走往那天遇見她的街，而現在開始遇見關聯著過去的人們，從亞美開始，接下來也許還會有更多的人，更多將現在與過去重疊在一起的畫面。

「和記憶裡不太一樣……」

「因為變漂亮了啊。而且是漂亮太多了。」我稍微想起一些她的活潑開朗了，「啊，不好意思沒先跟妳打招呼，妳好，我是王彥杰的國中同學。」她轉向我，「女朋友嗎？」

我突然想起知繪站在我身邊。

「是同事，下班順路一起走。」

「這樣啊……那、我跟小米約好吃飯你要一起來嗎？」我斂下眼，「不過你工作的地方離小米住處那麼近，應該見過面了吧，但是她怎麼沒提過你已經回來台灣了……」

「下次吧，寶寶不喜歡預定之外的事情。」

「也是，啊、那交換一下名片吧。」亞美拿出她的名片，也許她會成為我和寶寶的接點，但我還是遞出我的了。「那我先走囉，小米肚子餓的話會不理我呢。下次見囉。」

和出現一樣亞美的離去也顯得張揚，望了眼手中的名片隨手放進提袋，她會向寶寶提起我的，順著亞美走過的路就能到達她，雜亂的念頭竄上思緒，直到知繪出聲我才想起她在身邊。

「你的國中同學很漂亮呢，初戀情人嗎？望著她的背影出神。」

「不是。」

「不是初戀情人，那就表示有初戀情人囉？」知繪知道我不會回答這類問題，重新調整步伐我努力將寶寶的存在拋在身後，「但是你跟她的對話很奇妙呢。」

「是嗎？」

「嗯，你們剛剛提的是同一個人吧，可是她說的是『小米』，你說的是『寶寶』，正常來說不會這樣吧，就算一個人有不同綽號但談論的時候通常只會用其中一個，就算平常習慣A但對方用B來說的時候，自己也會調整暫時改用B啊。」

「我沒有注意到。」

「所以才覺得奇妙啊，那就表示你們很習慣這樣，那個女孩子一定很特別。」

特別。知繪的話語有延伸的意味，但是我不想和任何人分享屬於她的記憶，連被探問都不願意。

「我今天搭公車。」

「嗯、好。」知繪揮了揮手，「星期一見。」

「知道我會打電話給你吧，給亞美名片的時候就已經知道了，所以我想，這就代表阿杰透過亞美對我說，打電話聯絡也沒有關係吧。」

星期日中午電話響了起來，陌生的來電，也許是客戶，通常業務聯繫是愷威負責的部分，但畢竟是合夥人，不可能避免掉這些。

無論是多麼不喜歡的事物都無法避免，甚至越討厭的越無法避免，這就是現實，就是不得不面對的生命，正因為令人不快的事物佔絕大多數，當我們遇見那稀少的美好之際，即使是微小的幸福，也如同燦爛的花火，轉瞬卻無限延伸。

「你好。」

「阿杰。」倒水的手懸在半空，停頓了很久之後，也許連一秒也不到，我慢慢慢放下水瓶，等著另一端傳來的聲音，「你可以說你在忙。」

這樣她就會乾脆的掛上電話。低下頭我的左手在餐桌上微微施力，低調卻劇烈的掙扎，一直以來我都是以這樣的姿態活著，我所面臨的掙扎僅僅只是掙扎，那之中沒有選項，狀似選項的路徑背後卻貼上禁止通行的鮮紅字跡。

禁止。通行。禁止。禁。止。

「沒有，現在沒有。」

「嗯、現在，」她輕輕唸著，「如果突然要忙，突然，如果是很突然的那種突然，什麼都沒說就把電話掛掉也沒關係。」

如果我們的談話可能讓緊繃的平衡斷裂，儘管是微小的可能，只要嗅聞到那份可能，就立刻切斷兩個人之間這細小的連結。立刻。我不會掛斷就算真的全部崩解我也不會切斷這條線，所以阿杰，千萬不要猶豫。因為我不是意志堅強的人，所以只能逼著阿杰是。

「我知道。」

「一想到阿杰每天都離自己那麼近就覺得開心呢，因為總是一個人在家所以常常覺得無聊，既然阿杰離得那麼近說不定能陪自己，雖然這麼想但大概不可能，但就算只是想著，也比較不那麼無聊了。」

「工作呢？」

「因為是翻譯啊，所以待在家就好，媽就是因為這一點認為我根本沒有搬出去的理由，但正好相反就是因為這樣才更要搬出去啊。那裡，沒辦法一直待著呢。」

「……寶寶。」

「嗯？」

「如果……」我深深呼吸，禁止通行，一邊想著這四個字卻一邊聽見自己的聲音，「如果、只是很偶爾的那種偶爾，在公司的午休時間，一起吃午餐也沒有關係。」

我和她之間必須存在著許多前提，一個還不夠，必須是一個前提加上另一個前提再加上另一個前提，如同五年前我總是在兩個打工之間的中午空檔回家陪她吃飯，儘管短暫卻不能奢求更多，一旦超出負荷就會產生傾斜。

在某些夜裡她走進我的房間，她踏進的瞬間我和她之間的拉扯已經出現裂縫，某些什麼開始從裂縫裡滲入又有某些什麼從裂縫裡滲出，於是兩個人無可避免的失速旋轉最後重重摔落。

「很偶爾的那種偶爾，」她以安靜的姿態笑著，「嗯、也只有這種偶爾才會出現所謂的堅強，我會在特別堅強的那種偶爾找阿杰一起吃午餐的。」

「嗯。」

「所以阿杰，我會開始，讓自己堅強一點……這樣，就能夠見到阿杰了吧。說不定有一天，我可以堅強到，即使阿杰總是待在我身邊也沒關係的程度，那麼那個時候，阿杰就能夠待在我身邊了吧。」

「寶寶，我……」

「你掛斷電話吧。」

用著剩餘的意志我切斷通話，手機的熱度殘留在右耳並且在右掌心擴散，突然我分辨不清所謂堅強與懦弱，這樣的動作那樣的動作，哪一個是堅強哪一個是懦弱，又或者我所相信的堅強事實上才是懦弱？

按下結束鍵那一個動作，瞬間，我混淆得一場糊塗。

□

「真難得你約我出來喝酒。」

「有時候還是需要一個吵的人在旁邊。」

「喝了酒之後你話變多了，而且挺討人厭的，不過我姑且把你的話當作恭維。」

威士忌的熱辣滑過舌尖竄進喉嚨，我總是避開酒精這類會麻痺理智的物質，然而這些日子以來我實在無法負荷極端拉扯的撕裂感，既然無法遏制自己的情感那麼就稍微消弭一些理智，我明白太過危險但至少能夠得到一些喘息的餘地。

我的世界裡氧氣始終太過稀薄。

「想要訴苦嗎？」愷威沒有將視線放在我身上，這是他的體貼，「我酒醒之後通常會失去喝酒時的記憶。」

「有人跟我說過，真正的苦是說不出來的，即使說出來也傳遞不到對方身上，像是吃藥一樣，就算兩個人同時吞下一模一樣的藥，那也頂多能得到一點共享的安慰。」

「那個人很悲觀呢。」

「如果不相信世界是悲慘的，那麼就會覺得悲慘的只有自己一個人。」我彷彿聽見她的聲音，這麼說著的時候她的語調是愉悅的，「但其實自己根本沒有那麼悲慘，因為這整個世界，能夠得到幸福的人少之又少，所以自己也只是和大多數人一樣，能夠和大多數人一樣這件事，對我而言就已經是一種值得開心的事情了。她是這麼說的。」

「這樣聽起來又挺樂觀的。不過不管悲不悲慘，對方懂或者不懂，我始終相信只要說出口那些痛苦多多少少會在傳遞的過程中揮發掉。」

揮發。那麼成為彼此秘密的我們，是不是只能學會將一切密封擠壓在誰都翻找不到的最深處？

「到加拿大之前我一直在這附近生活，回來台灣並沒有太大的感受，但是一踏回這裡，所有的一切又零散的浮現。」我啜飲了一口琥珀色液體，冰塊撞擊著沉重的玻璃杯壁，太過清脆。「對我而言是很美好的記憶，但同時是不能夠被想起的記憶。」

——阿杰，我應該要後悔，我逼著自己後悔，但是我從來沒有後悔過。

「你知不知道為什麼心臟不是在正中間？」

「不知道。」

「因為啊，那是要讓我們知道一個人有多麼不完整。你知道嗎……在彼此擁抱的時候，左邊和右邊同時感覺到心臟的跳動，只有那時候人才是平衡而完整的。所以只有你能夠讓我感覺到完整。」

玻璃杯裡又注滿了威士忌，冰塊微微轉動，冰與琥珀色液體接觸的邊緣產生細微的波紋，狀似靜止的世界卻從來未曾停止。

於是我們和自身靜止的那部分越離越遠，直到有一天終於發現並且試圖讓那部分的自己一起往前，然而那段距離卻早已超出伸手能觸及的範圍，我們只能望著那遠去的遺落，同時逐漸明白，正在遠去的並不是那部分，而是自己。

「有一個人被放在我心底最深的地方，我不能說愛她，也無法說不愛她，甚至不能在清醒的時候提起她，害怕連自己都沒察覺的什麼會被洩漏。不是怕被看穿，而是怕自己發現，發現自己的體內原來還有我沒料想到的感情……我最害怕的其實是自己……」

愷威靜靜聽著我說話，這是我第一次對他說那麼多話，也是第一次對別人提起她。

「我遇見了她。」她。這個指稱什麼都涵括在內了，包括我的自身。「那一瞬間我幾乎無法壓抑，這五年的努力彷彿只要她的一個眼神就能完全擊潰，事實上我已經被擊潰了，不是被她而是被自己。

「她還站在原地，始終站在原地，像她說過的一樣不後退也不前進，但是，我卻不小心往前走了……」一邊告訴自己，只靠近那麼一點沒有關係，但是我知道，一個移動的開始，就已經無可挽回了。」

她不會移動。至少她不會後退。只要我這麼一點一點往前靠，總有一天會走到伸手就能觸碰到她的距離。又或者，只要她稍稍往前——

「見到她之後我才發現，原來自己那麼懦弱。」

「彥杰，我們每個人都是懦弱的。」愷威低啞的嗓音緩慢地說著，「你已經很堅強了，但是堅強太久之後，會耗掉所有力氣的。」

說不定有一天，我可以堅強到，即使阿杰總是待在我身邊也沒關係的程度，那麼那個時候，阿杰就能夠待在我身邊了吧。

但是，我沒有堅強到能夠待在妳的身邊。

「因為是弟弟所以抱著你睡沒有關係，但抱著你的時候卻從來沒有把你當作弟弟，很奸詐吧但是沒有辦法，很多時候不得不遊走在法律邊緣，如果沒有法律邊緣這種灰色地帶存在的話，說不定就會什麼也不顧的直接闖過法律了。」

她靠在我的胸口，長長的睫毛垂落在蒼白得讓人感到憂心的頰上，她的手輕輕握著我的，冰冷的手微微施力但以為她會握得更緊的瞬間她就停在那裡，對於距離與程度的拿捏她一向過於精準，有些時候精準得讓人感到殘酷。

讓兩人之間存在的那條無形邊界被看得清清楚楚。

她所做的任何動作，都是為了突顯那道界線，不是為了抗拒也不是一種提醒，而是要告訴我：界線就在那裡。

要比誰都還要仔細的看著它，所以我們不會，無論是她或者我都不會以曖昧不明的方式跨越，用著「我沒注意到那條線」作為拙劣的藉口。不會。她想說的是，跨越的本身，是出自於我們個人的意志。

沒辦法跨越的話就離得越遠越好，儘管我和她之間的關係顯得曖昧不明，然而我們的感情卻不會陷入曖昧。這是她的溫柔也是她的殘酷。

「阿杰會覺得我很卑鄙吧，用著這種態度不斷撩撥你，雖然說著自己會安分的待在現實裡，事實上也乖乖這麼做了，但是除此之外，我的言語我的精神甚至於我所散發的氣味都想覆蓋現實……」她停頓了很久，但她並沒有說完，那種留白的餘音並不一樣，她知道，這是一種刻意，讓我更加明白體會到在動作之外她所正在做的，「任何人都察覺不到的阿杰卻能強烈感受到，以前覺得這是一種命運，但是現在對阿杰而言，是一種殘忍吧。

「但正是因為殘忍才要這麼對待你……阿杰，如果不能愛我的話，就恨我吧。」她說，「**有時候，恨也是一種溫柔。**」

04

她站立不動的背影與帶著微笑往後退的她，我想著，其實後者反而令人難以忍受，也許她是明白的，但還是舉步維艱地往後退。因為我們，不得不後退。

她就坐在那裡。

抬起頭扯開生疏的微笑，但雙眼卻流露熟悉的顏色，叔叔，阿姨，這麼喊著之後父親的神色有隱微的失望卻依然開心的要我入座，阿姨的臉色不再有過去的防備，那是一種接受。

或許是確認了我的存在與我的出現並不會讓她的家庭崩毀，這讓我感到心虛，曾經盤據我心思的，對她亟欲保護的家庭是另一種、更加無以挽救的毀壞。

四個人一人一邊，我想起我從來沒有和父親的所有家人一起坐在一起，偶爾沒有父親，今天則是沒有佳佳，更多時候只有我和她，彷彿提醒著我這個「家」並沒有被建構而成。

但就算五個人真正坐在一起也改變不了什麼。

「上個月跟你媽通過電話才知道你已經回台灣了，不想打擾你但還是想知道你過得好不好。那麼久沒見，差點認不出來了。」

「在台灣的工作剛開始，所以比較沒時間聯絡。」

「沒關係，有空的時候能一起吃個飯就好，寶寶也不常回來，明明就住在附近。」父親望了她一眼又轉向我，「寶寶和彥杰是國中同學吧，這是你去加拿大之後我才知道的事，難怪那時候你們的感情會那麼好。既然離得不遠，你就多跟寶寶聯絡吧，這樣我能稍微知道你的近況也不會太擔心寶寶。」

「嗯。」

「快吃吧，菜都涼了。」阿姨給我一個友善的微笑，「寶寶說你喜歡吃番茄炒蛋。」

「謝謝。」

她始終沒有說話，大多時候是父親的聲音，阿姨端出水果的時候我看見她走到廚房吞下幾顆藥粒，這是稀鬆平常的光景，從前她就必須嚥下一顆又一顆的藥粒，但我總是無法習慣，無論看了多少次我總是希望那是最後一次。

她沒有走向客廳，拉開椅子就坐在餐桌旁，抬頭就能看見她但卻存在絕對的距離。我又不能吃西瓜。托著下巴她這麼說的時候父親笑了。

「寶寶到現在還像個長不大的孩子，但彥杰已經完完全全像個男人了。雖然你是弟弟但以後可能是你照顧寶寶多一點吧。」

「長不大沒什麼不好啊，至少能讓弟弟照顧。」她看了我一眼但沒有停留，「反正，我永遠當不好阿杰的姊姊。」

沒有留下來過夜，儘管父親和阿姨一再挽留，我陪阿杰去車站吧，準備離去的動作之中她突然這麼說。

她走在我身邊如同重逢那日的光景，安靜、緩慢，與猜測。

「爸打電話給我的時候本來想拒絕他的，但是他的語氣聽起來很開心，他一直都掛念著你，所以不忍心拒絕他。」已經夠緩慢的步伐卻又更緩慢了些，「我不喜歡，阿杰以弟弟的身分坐在我的面前，但是，只有在阿杰是弟弟的時候，你才能坐在我的身邊吧……我和你之間總是需要一個合理的解釋作為前提，然而我最不需要的，就是解釋。任何的。」

「這條路太暗，送到這裡就好。」

「就是因為知道暗才說要送你的。」

她停下腳步，轉身面對我，隱身在光的背後這裡是強烈對比的黑。光就在一步的距離外。像是誰拉出了一條線切斷光亮與黑暗，也切斷了現實與虛幻。

我看不清她的神情，或許這時候看不清才是重要的。

「我還是陪妳回去吧。」

「那這次，你會留下來嗎？」

「我明天還要上班。」

「阿杰從來不會給我答案呢。」她說，「那我就送你到這裡吧，我常走這條路，你不用擔心。」

「我看著妳走回去。」

「我沒有打算要看見你的背影。」她往後退了一步，踏進光亮之中，我們之間有一道無形卻絕對的界線，光影之間觸摸不到任何阻隔然而那本身就是無法跨越的屏障。「但是我也不想讓你記住更多我的背影，所以我們就這樣一步一步退後，直到看不見彼此為止。這樣，誰都不必忍受對方的背影了。」

於是她開始一步一步往後退，踏著光接著踩進影子裡，一直到她走出我的視野我還是沒有移動。在看不見之後我站在原地相當的久，錯過了末班車，最後我緩慢地走回住處。走著。

她站立不動的背影與帶著微笑往後退的她，我想著，其實後者反而令人難以忍受，也許她是明白的，但還是舉步維艱地往後退。

因為我們，不得不後退。

我的生活沒有太大的起伏，或許稱得上無趣，工作之外的休假也總是準備著即將到來的工作，並不是太過熱愛工作，也許是想利用忙碌填滿時間的空洞，極力避免思緒有過大的空白，容易被那些不該有的什麼佔據。

偶爾會懷疑起這樣活著的意義，沒有特別的目標也沒有想前往的方向，前進就只是為了不讓自己回頭。因為不能回頭所以就只能前進。

走進事務所和走出事務所的心情沒有太大差別，當天色還亮著的時候我總是習慣確認腕錶上的時間，六點十九分，還沒移開視線就跳到二十。我體內的時間感顯得模糊。所以我總是戴著錶。

「站在門口是在等我嗎？」

知繪的聲音透露著高調的愉悅感，我沒有太去在意她的舉動，只將她的熱絡與靠近的試圖歸因於她性格的積極；然而這些日子以來愷威頻頻以隱喻的方式提及，知繪似乎懷抱著不一樣的感情。對我。

我沒有感受到這一點，但我已經很久不去在意他人的感情，看了她一眼給了禮貌性的微笑，我不想讓她對我有所期待。

「我只是在確認資料有沒有帶。」

「反正碰到了，要一起吃晚餐嗎？」

「改天吧。」

「真是無情，整個事務所也只有三個人，扣除我自己，能約的同事也只有你跟愷威，愷威一下班就趕著回家陪女朋友跟狗，現在連你都拒絕我，下班時間總是很苦悶呢。」

「我今天必須把資料整理好，明天要跟客戶開會。」

「知道，要跟你的工作搶時間誰都不會搶贏。」知繪誇張的嘆了一口氣，「那我還是得自己吃苦悶的晚餐囉。」

「早點回去吧。」

□

「阿杰，如果時間能停在某一瞬間，你會想讓自己留在哪裡？」

「我不會去想這樣的問題。」

「不會去想還是，不能去想？」她的視線落在遙遠的某處，彷彿沒有終點事實上卻只是找不到落點，想看的不能看但其他的卻都不想看，於是只能這樣，做出遠望的動作讓眼前模糊一片。「其實我也開始分不清楚了，說不定這樣反而是好事，把所有的什麼都攪拌在一起，沒辦法挑出某一部分也好。」

那是我離開台灣的前夕，很深很深的夜裡我和她站在陽台邊，閃爍的光點是唯一的光源，我們關了所有的燈。這種時候不想看得太過清楚。她這麼說。

「這些日子以來每一秒鐘我都反覆告訴自己，阿杰真的要離開了，不管是物理性或者心理性的都要離開了。和三年前不一樣，雖然提出了分手也毫不留情的轉身，但是有一部分的自己還緊緊抓著不放，阿杰就在觸手可及的地方，只要伸出手你還是會回到我身邊，大概是一種安心，所以才執拗的等著，因為那麼近所以說不定有一天阿杰會伸出手，其實我一直在等的，就只是阿杰走向我……三年就這樣過去了，雖然常常會思念阿杰，是那種會徹夜難眠甚至無聲大哭的程度，就算是這樣還是固執的等著，說不定會這樣等到一百歲，那時候曾經想過，這樣也沒有關係，因為等的是阿杰所以沒有關係……但是，現在我連等待的資格都沒有了吧。」

儘管看不見但我確實感受到她的淚水正無聲滑落，空氣中彷彿飄送著哀傷的氣味，用盡全身力氣我才忍下擁抱她的渴望，隔著一個跨步的空白，那是我們之間最靠近卻也是最遙遠的距離。

看得鉅細靡遺卻不能觸碰，只要跨步就能立刻到達的對方卻不能移動步伐。我們之間。也許有一天連「我們」都不能這麼說出口。

「寶寶。」安靜無聲的嘆息，我的手緊緊抓住欄杆，不是怕墜落而是怕自己將她拉進懷裡，「不能盼望的，就永遠都不要去盼望。」

「如果連盼望都不能，那我就什麼都不剩了。」突然她轉頭望向我，泛著淚光的雙眼深深凝望著我，「不得不捨棄盼望的話，那麼，我就連自己也抓不住了。」

我斂下眼，不敢太過仔細地看她。

「妳還有很長的人生。」

「我知道。」輕輕軟軟的聲音落在我的耳際，「那正是最殘忍的部分。」

愷威和知繪以相當喧鬧的方式討論著上午來訪的客戶，他的假髮都移位了，他滴汗的程度我都以為冷氣壞了，來來回回我並沒有參與話題。業務量少了許多，知繪提議三個人一起外出午餐，儘管不那麼樂意卻也沒有拒絕的理由。

太陽很大，在這種季節裡卻顯得珍貴，不久前才為了相同光景感到不耐卻在時序更迭之後也換了一份感情。然而人的感情卻無法隨著季節變換，夏天到了所以我不愛你了，秋天走了所以我開始想念你的溫度，這樣的話沒辦法被合理接受吧。

推開門懸掛的鈴鐺清脆的響著，八分滿的咖啡店咖啡的香味與食物的氣味相互交雜，知繪發現了一個靠窗的位置。

「當學生的時候一直很嚮往當那種可以在午休時間來這種店吃午餐的上班族，不過開始工作之後才知道，這種奢侈也只能偶爾為之。」

「就算妳這麼說，我也不會替妳加薪。」愷威看了我一眼，「我今天還沒聽見你的聲音，突然有點想念呢。」

「點餐吧。」

「真是冷漠，不過女人就是會喜歡吶，連我也喜歡。說不定你沒交女朋友就是為了我。」

「你真的很煩耶，彥杰才不會喜歡上你咧，不過，」知繪帶著濃厚的笑意與太過明顯的試探將目光轉向我，「沒打算談戀愛嗎？」

斂下眼將視線放置於菜單上的鉛字。

「不點餐的話，午休時間就結束了。」

「反正我是跟兩個老闆出來吃飯，沒關係對吧。所以——」

服務生的出現打斷了知繪的試圖，終於點完餐店家裡的客人也少了許多，喝了冰涼的水我聽見門上的鈴鐺叮叮噹噹的響著。也許是哪些人走了，又也許是哪些人進來了，不轉身就得不到答案，很多時候我們所面臨的就是這樣，明明只要一個轉身就能得到答案卻不願意那麼做。

我抬起眼望著窗外行走的人們，聽著愷威和知繪的聲音，偶爾漫不經心的回應，然後我拿起水杯，就在這個動作的瞬間，我看見了她。

撐著傘走在有些冷清的街道上，她不喜歡陽光——無論多麼溫暖。她沒有發現我，沒有多少人會注意路邊咖啡店裡坐著誰，我的視線無法移開，接著她轉過頭，目光毫無偏移的對上我。

臉上沒有表情，彷彿正在思考映入眼簾的畫面是現實或者只是想像，我也時常如此，回到台灣之後這樣的不肯定更加劇烈。終於她揚起嘴角，愉悅得讓人心底泛酸的微笑。我只能這麼張望。

站在原地好一段時間，我始終沒有給她任何表情，默默咀嚼著餐點我嚐不到任何味道，她斂下笑容收回視線，在她再度移動的同時我也停下所有動作。

假裝什麼都沒有比什麼都要艱難。

「怎麼了嗎？」花了幾秒鐘我才明白這句話，我抬起眼輕輕搖了頭，「感覺你一直在發呆呢。」

「沒什麼。」

「案子都完成得差不多了，下午你要不要先休息？」愷威輕快的語調之中帶著了解，「反正你是合夥人，無論遲到早退都沒辦法扣你薪水。」

「沒事，只是稍微分神。」

鈴鐺又響了，緩慢卻清脆地溢滿整個空間，我的呼吸顯得有些短促，那只是一種猜想，然而我卻嗅聞到屬於她的氣味。

不會是她。我希望不要是她。

經過我的身旁沒有絲毫碰觸我卻清楚感受到，是她，混著甜香卻又帶著藥劑苦澀的氣味，縈繞在我的鼻尖，遏制不住自己我抬起眼側過身子，在不遠處坐下的她沒有看我。在我看向她的時候她不會望著我。

「你還好嗎？」趁著知繪離開位子的空隙愷威這麼問。

「下午，能讓我休息嗎？」

「嗯，我知道了。」

整張桌子只剩下我一個人，對於我獨自留在這裡愷威找了個理由讓知繪不再追問，不知不覺整間咖啡店的客人也只剩下我和她。

她在我的身後，誰也沒有移動，沒有前進也沒有後退，那是一種讓人心痛的安心，至少她不會離我更遠。

她打了電話過來。

「今天，我一個人走進咖啡店裡呢，雖然常常經過但一次也沒有走進來，點了拿鐵加了一堆糖還是覺得苦，而且我突然才想起來，這樣午餐份的藥該什麼時候吃呢？」

「午餐，吃過了嗎？」

「今天沒有食慾。」

「咖啡不要喝了，點些簡單的餐，就算沒有食慾也還是要吃。」

「那、三明治跟蛋糕阿杰會選哪一個呢？」她開心的笑了，「這樣算不算跟阿杰一起吃午餐呢？」

「妳先吃吧，妳還要吃藥。」

「那阿杰把電話掛斷吧。」

切斷了電話，我深深的呼吸，呼吸，咖啡的氣味十分濃郁，然而我的鼻尖始終繞著她的氣味。她就在我的身後。無論多麼明白這一點，或許正是因為明白這一點，所以絕對不能回頭。

點了一杯黑咖啡什麼也不加就飲下，苦澀與微微的酸在口中蔓延滑過身體內部到達某個中心，所有的苦澀與酸楚都會進到那個中心，一旦進入就會被牢牢封鎖，不會溢出卻也找不到出口。

「阿杰，我是不是又讓你請假了？」

「今天沒什麼工作。」

「我的出現，總是會打亂阿杰的人生呢。」

「吃完了嗎？」

「吃不完，但我吃了藥。」彷彿聽見她輕而淺的呼吸，貼附在我的耳邊我的肌膚與我的意識之上，「如果想離開的話，隨時都可以站起來走掉沒關係，但這麼對你說反而沒辦法離開吧，所以阿杰，接下來的五分鐘我會緊緊閉著雙眼，不管發生什麼事我都不會把眼睛打開……等我張開眼之後，我會告訴自己，剛剛所看見的阿杰，只是我一如往常的幻覺。阿杰，已經開始計時囉。」

艱難的站起身，繃緊身體我緩慢轉過身，她正緊緊閉著雙眼，一秒鐘一秒鐘的數著，用力握著拳我逼迫自己離開，即使殘忍也必須讓她在睜眼之後看見沒有我的世界。

我望著她一步一步往後退，然後不得不推開門了，我突然希望這個世界沒有聲音，一旦鈴鐺響了，她就會知道，這其實不是幻覺。

我們只是，拚了命在假裝。

05

散落一地的時間，屬於她的記憶沒有任何時間標記，儘管能夠從外在線索判別；然而單單是她的笑，或者是她的聲音，所有時空混亂而交錯，因為沒有時間，所以分不清過去現在甚至未來，記憶與現實彷彿漩渦將我吞噬，繞著名之為她的中心。越陷越深。

其實我只見過阿伸幾次面，沒有真正說過話，他是寶寶的同學，我所知道就這麼多了，但現在我卻和他面對面坐著。

不只有他，右手邊是保留給亞美的空位，而寶寶坐在我的左手邊。明天是亞美的生日，他們三個人總是提前慶祝，親暱而穩固的小聚會，我似乎是闖進這份親暱的外來者，但亞美不介意阿伸也不在乎，因為是小米的弟弟所以有絕對優先權。亞美張揚的快樂卻如同利刃，寶寶似乎已經習慣，因而能以平淡的口吻轉述這段話。

她到底是如何拚命的忍耐呢？

自私地逃往加拿大的我努力壓抑感情與回憶，陌生的城市陌生的人甚至陌生的語言，對我而言就已經難以忍受；然而必須生活在相同的風景之中、面對反覆提醒她的人們，也許是父親也許是阿姨又也許是亞美，靠得那麼近的人更容易在她身上留下傷吧。

但她什麼也沒有說，一個字也沒有，只是輕輕淺淺的笑著。我很好。想讓我知道這一點。

「是姊弟的時候就沒關係，雖然不喜歡但可以合理的坐在一起，這樣一想就能忍耐了呢。」透過電話她的聲音有些失真，卻因而更加具切，「說不定會因為這樣慢慢的就接受我們是姊弟的這個事實，聽起來像謊話吧，但這是我能想到最適合拿來說服自己的理由了。」

所以我現在坐在這裡。

「阿伸要唱生日快樂歌。」

「應該是每個人都要唱吧。」

「我不喜歡唱歌，我也不要阿杰唱歌給別人聽。」她笑著，「總不能要亞美自己唱吧。」

「每年都是我一個人唱。」

「那今年也一樣。我比較喜歡一模一樣不要改變的事情。」

亞美出現了，抱歉下午突然有額外的業務，她給我一個歡迎的笑容，同時請服務生暫時將她帶來的蛋糕冷藏。每年都是亞美自己帶蛋糕，因為阿伸跟我挑的口味從來沒得到好的回應，後來她這麼告訴我。

寶寶和我沒說多少話，亞美和阿伸的對話已經足夠填滿所有空隙，和愷威不同儘管也顯得體貼但阿伸並不會將話題拋給我或者她，亞美相當熱絡但同樣如此，像是一種默契，斷句與斷句之間留下適當的空白，想說話的時候很輕易就能加入。

也許是由於寶寶，這是她說話的方式，對我而言這樣很好，沒有壓迫也沒有因為自己不是聚會的固定成員而得到過多的注意。

「小米最近很開心。」阿姨打來電話，餐廳太過嘈雜於是她走出門外，望著她的身影亞美突然以相當溫柔的口吻說著，「不仔細看不會發現，但是我已經很久沒有感覺到她這麼開心，雖然說不上來，但光是微笑就沒有那麼勉強。」

「她……很不快樂嗎？」

「這我不知道，快不快樂的基準每個人都不同，尤其是像小米那樣不太顯露情緒的人，我感覺到的只有這陣子她的情緒特別，嗯，飛揚嗎？我不知道該怎麼說，阿伸你說呢？」

「我不予回應。」阿伸看了我一眼，意味深長，「因為不知道是不是好事。」

「心情好哪有什麼不好，王彥杰你說對吧。」

還沒回答寶寶就走回座位，亞美若無其事的問著阿姨最近好嗎，阿伸的話語仍舊在我思緒裡延伸。

「阿伸要唱生日快樂歌了。」

「想吃蛋糕了啊。」阿伸笑著說。

「今年還是只有阿伸啊？有點膩了耶，王彥杰一起唱嗎？」

「不行。」寶寶露出孩子氣的笑容，我的心底泛起微妙的疼痛感，最初的那些時光裡她總是這麼對我笑，「阿杰只能唱給我聽。」

「為什麼？」

「因為、我是姊姊啊。」

「蛋糕好吃嗎？」

「嗯。」

「嗯、不好吃。」踏著影子她開心的跳著，「不是因為知道阿杰不喜歡甜膩的食物，而是能聽出那延伸的意義喔，我有沒有很厲害？」

正是因為這樣我們才會輕易的看穿彼此，又不得不在看穿之後假裝什麼都沒看見。

她停下腳步轉身面對我，街燈的亮度讓我清清楚楚看見她的微笑，不是她習慣掛在臉上的淺笑，而是記憶裡揮之不去的燦笑。

「阿杰，唱歌給我聽。」

「我不會唱歌。」

「阿杰唯一唱過的歌就是生日快樂歌呢，那你唱生日快樂歌給我聽吧。」

「妳的生日還沒到。」

「又沒有人規定只有生日才能唱，而且，我不是想聽生日快樂歌，而是想聽阿杰唱歌給我聽。」

於是我開始唱起了生日快樂歌，在街的中央偶爾有來去的行人，她不在意，或許是因為生日快樂歌所以沒有多少人注視，世界彷彿只剩下我和她。我反覆的唱著，她的笑忽然顯得有些飄忽，燦爛之中卻隱約染上哀傷，很淡很淡的惆悵，然而她笑得好溫柔。

「阿杰生日的時候我都有唱生日快樂歌喔，就算阿杰聽不見我也還是會唱。」

「嗯。」

我，也是。在她的生日我總是安靜的唱著。「等你生日的時候，我再唱給你聽吧。」

「那我可以許願嗎？」

「今天不是妳的生日。」

「可是阿杰不是唱了生日快樂歌了嗎？唱完就可以許願了啊。」

她總是這麼耍賴，我斂下眼避開她的凝望，我害怕自己會以為，其實我們只是平凡相愛著的兩個人。

我害怕自己會以為，其實什麼都沒有改變。

「那我、要許願囉。」

「嗯。」

「阿杰，你可以抱我嗎？」

水柱狠狠的打在我的身上，冷冽得讓人感到疼痛但痛楚卻能夠逐漸適應，就是這樣一點一點的習慣，一點一點的讓自己學會假裝。

假裝什麼事也沒有，假裝自己一點也不痛。

關起水，起先由於水聲過於喧囂而什麼也聽不見的浴室，在靜止之後同樣什麼也聽不見，水珠滴落的瞬間傳來隱約的聲響，卻又立即消失無蹤。

——阿杰，你可以抱我嗎？

屋子裡靜得讓人不安，走動的聲音、呼吸的聲音以及，思念與寂寞的聲音迴盪著，失卻所有氣力我癱坐在冰冷的地板上，靠著柔軟的床，強烈的對比而我的思緒更加混亂。

無力收拾。

那時候她凝望著我，帶著淺淺的微笑，隔著一個跨步那麼遠，街燈照耀之下的她的臉龐顯得蒼白，那瞬間的她與我記憶之中的她忽然間貼合了，過去與現在絲毫沒有空隙地貼附在一起，我無法動彈，我分不清我和她究竟站在哪一個時空裡。

我終於知道關於她的記憶我所遺落的部分。

散落一地的時間，屬於她的記憶沒有任何時間標記，儘管能夠從外在線索判別；然而單單是她的笑，或者是她的聲音，所有時空混亂而交錯，因為沒有時間，所以分不清過去現在甚至未來，記憶與現實彷彿漩渦將我吞噬，繞著名之為她的中心。

越陷越深。

「因為是願望所以無法實現也沒有關係，但是，只要有哪個人唱生日快樂歌給我聽，我就會這麼許願，也許有一天，會實現也說不定。」

「寶寶……」

「阿杰，你知道嗎？這世界上只有三個人會這麼喊我，爸爸、媽媽，還有就是阿杰，不是弟弟也不是任何能被冠上稱謂的人，就只是阿杰……我曾經跟爸爸說，到了三十歲、四十歲甚至更老之後還這麼叫的話，整個世界就會變得奇怪了；同樣的稱呼卻漸漸變得突兀，所以我對阿杰的愛即使沒有改變也突然不被容許了，這個世界啊，真令人討厭呢，但就算討厭我也還是努力的生活著，因為，這個世界裡，有你。

「即使是永遠都無法到達的彼端，但是，只要知道阿杰就生活在這個世界上的某一個地方，就能感到安心呢。但是人總會漸漸變得貪心，心中對於阿杰的想望越來越強烈，現在的我，甚至貪婪的希望阿杰能夠待在我身邊，所以才必須逼迫自己變得堅強，只堅強一點不行，必須堅強到即使伸手就能觸碰卻能夠不伸出手的程度。」

她往後退了一步，整個人沒入陰影之中，在光的照耀之下我無從逃躲，我看不清她的神情，僵直在原地她的話語緩慢地滲入我的肌膚，一點一滴侵蝕我的意志。

她輕而緩的說著，一個字、一個字猛烈敲擊著我的意識。

「但是阿杰，我從來、就不想當一個堅強的人。」

□

「阿杰我們來玩不眨眼遊戲。」

「我每一次都輸。」

「又沒有關係。」

她拉著我的手在我面前坐下，她很喜歡這個遊戲，但是每次看見她的雙眼泛紅就忍不住眨眼中止遊戲，她知道，說不定正是知道這一點她才喜歡這個遊戲。

於是我們開始遊戲。睜著眼仔細地凝望對方，我從她眼中的倒映看見自己的身影，她帶著笑手輕輕握住我的，她想要的其實不是眨眼遊戲，而是這段全心全意相互凝望的時光。

我眨了眼。

「阿杰又讓我了。」

「不小心就眨眼了，我沒有讓妳。」

「就算阿杰沒有讓我，我也還是會贏。」她握住我的手稍微施力，「就算不舒服到連淚都掉下來了，我也還是不會眨眼，能夠和阿杰對望的時間，我絕對、絕對不會被眨眼這種事給瓜分掉。」

「妳想要我看妳，看多久都可以，不需要連眨眼的時間都不給。」

「就算知道這一點也還是沒辦法安心啊，大概是因為我比任何人都貪心也說不定。」

那時候她笑得很開心，靠在我的胸口安靜的聽著我的心跳，我以為我們之間有用不盡的時間，也以為自己能夠永遠待在她身邊，我想那時候的我無論如何都預想不到，在很久很久的以後，相互凝望成為一種無法被實現的奢求。

「睏了嗎？」

「嗯，吃了感冒藥之後昏昏沉沉的，但是我不想睡，睡著就沒辦法跟阿杰說話了……可是只要像這樣靠在阿杰身上就會特別想睡覺，到底是為什麼呢，明明就是最想清醒的時候卻總是特別睏……說不定是因為安心的關係呢……」

「妳醒來我還是會在，睡醒之後我再陪妳說話。」

「我常常在想，我睡著的時候阿杰都在做些什麼呢？不能移動也沒事可做，很無聊對吧我最討厭無聊了，但是阿杰從來沒有抱怨過……」

「我不覺得無聊。」

「那我睡醒之後阿杰要告訴我你剛剛在做什麼，好不好？」

「嗯。」

「打勾勾。」

我們勾了小指，好幾次都這麼約定了，但是我從來沒有回答過她。妳睡著的時候，我總是，深深的凝望著妳。

自從那次早退之後知繪對於我和她之間的假想距離兀自拉近了些，原先安好的關係因為她的前進而產生搖晃，她就踩在那條線上，以「每個人習慣的相處距離不同」作為藉口的模糊地帶，驅逐她顯得無情卻又不能容許她靠得更近。

「偶爾假日一起出去玩也不錯吧，愷威和他的女朋友，加上我們兩個剛好四個，不管是吃飯、開車都是很剛好的人數呢。」我斂下眼動作之中帶著疏離的意味，但她沒有察覺或者不願意察覺，「而且出去走一走精神反而會比較好喔。」

「下次吧。」

「你已經說過很多個下次，不能剛好就『這次』嗎？」

「不好意思，」突來的女聲打斷了知繪的試圖，順著聲音我看見站在門邊的短髮女孩，「我找王彥杰。」

我站起身。

「我就是。」

女孩遲疑了一會兒，看了身旁的知繪又看了我，知繪禮貌性扯了笑，緩步走出辦公室，關門的瞬間她的目光緊緊鎖在女孩身上。

「請問有什麼事嗎？」

「我是佳佳。」

短暫的沉默。眼前的女孩和寶寶並不相似，我不記得她的長相，似乎她也是。於是我給了她一個簡單的微笑。

「怎麼了嗎？」

「我爸……」她停頓了幾秒鐘，儘管明白我們共同分享一個父親但這件事卻不在她的日常之中，「爸要我來跟你打招呼……本來爸是要姊約你出來三個人一起吃飯，但是她說你就在附近要我自己來。」

「辛苦妳跑一趟了。」我給了她一個緩和的微笑。

「反正不遠……那，姊要你打電話給她。」

「現在嗎？」

「不是，下班之後，現在她應該在睡覺。」她咬了咬唇，「我也不知道她想做什麼，反正她一直都那樣……」

「我知道。但是沒關係。」

「你……跟姊感情很好嗎？」

「大概吧。」

「她……」佳佳深深吸了口氣，似乎在猶豫要不要繼續說下去，最後她決定試探。「你知道那個人是誰嗎？就是，她喜歡的人。」

我抬起眼望向佳佳。

身體突然繃緊我立刻別開眼，花了幾秒鐘緩和了呼吸，緊緊握著拳我努力讓聲音不帶有顫抖。

「為什麼突然這麼問？」

「她到底有沒有跟你說過？」

佳佳忽然顯得急促，沒有回答但我默默點了頭。

「我不知道那個人是誰，但是她說是國中同學所以我想你應該認識，她只肯說那麼多，而且、而且還是那時候……精神恍惚的時候說的。」佳佳抬起眼堅定的望著我，「既然你知道是誰應該可以聯繫上他吧，姊說他又回到她可以看到的距離了，不管怎麼樣，無論是因為兄弟姊妹還是朋友什麼的，就算困難也還是請你告訴那個人，不要再靠近她了。」

「發生、什麼事了嗎？」

「反正你一定要告訴那個人。」她別開眼，「還有不要跟姊說。」

聲音還留在半空中佳佳就以急促的腳步離開辦公室，**不要再靠近她了**，靠坐在辦公桌旁我發現自己的身體微微顫抖，也許佳佳知道了，知道那個人是我，因而以迂迴的方式探問；但寶寶不會說，尤其是對佳佳，或許在過去這五年之間發生了什麼，但那究竟又是什麼？

在我們相互錯開的時空各自推移的敘事不會因為思念或者愛情而暫停，某部分的我們越離越遠，然而彷彿為了抵抗這股不可違抗的推阻，另一部分的我們則更加努力地去拉住，於是兩股相互拮抗的力愈發強烈，體內被撕裂的部分越來越廣，自己與自己也離得越來越遙遠。

「你還好嗎？」

「沒事。」

「剛剛那個女孩子是……」

這不是知繪該過問的部分，但對於妹妹來訪這件事對大多數人而言應該是能夠輕鬆談論的，所以我回答了。並不是因為想回答，而是不回答也許會勾起知繪的探究，現在的我沒有太多餘力。

「我妹妹。」

「沒聽你提過呢，但是她離開得有點匆忙，是不是……」

「她跟人有約。」我說，「離開的時候可以請妳帶上門嗎?有客人也請妳說我不在。」

她望著我，彷彿想說些什麼但在猶豫之後選擇退後。

「嗯，我知道了。」

「佳佳來找過我。」

「因為想讓你嚇一跳才要佳佳過去的，但佳佳說你沒嚇到。」她的聲音透著淡淡的笑意，「那如果出現的是我，阿杰會嚇到嗎？」

「她只是沒看出來。」

「是嗎……反正我也看不到。爸要我們一起吃飯呢，阿杰跟佳佳幾乎不認識對吧，佳佳說她根本想不起來你的長相，這樣也好，越少人記住阿杰越好，這樣感覺我就能得到更多部分的記憶……阿杰什麼時候有空呢？阿杰有空的那天我就會有空所以沒關係，佳佳每個星期五都要加班所以不要星期五……」

「星期二或星期三吧，人應該會少一點。」

「嗯，我不喜歡很多人，阿杰也不喜歡，但如果沒有人能讓佳佳分心的話，佳佳會很可憐喔……佳佳跟我不一樣，她是很認真在思考阿杰是哥哥的這件事，因為必須接受這件事所以特別無法忍受太過頻繁的相處，人都是這樣呢，越是想接受一個人就越是要拉開距離，太過靠近的話就會因為不知所措而胡亂推開對方，其實不想這樣的，但不知道該怎麼辦才好，最後就一點辦法也沒有了……我又說很多話了呢，除了阿杰我好像沒辦法跟其他人說這麼多話，阿杰，如果不喜歡的話，我就不會再說這麼多了。」

「沒關係。」

「阿杰總是說沒關係呢。」

「寶寶……」

「嗯？」

我能說些什麼？直截了當的問「這些年妳究竟發生了什麼」嗎？然而佳佳模糊的話語卻在我腦中揮之不去。

「挑妳覺得適合的時間跟地方就好，提早幾天我就能排出時間。」

「嗯。」她稍微停頓了一會兒，「阿杰你掛電話吧，我還是沒辦法呢。」

「早點休息吧。」

06

然而我明白綑綁我和她的虛線仍舊分分秒秒拉扯著彼此，只要哪個人開始往反方向奔跑另一個人的身體就會產生劇烈的疼痛，那是我回到這裡才終於明白的事實，這五年之間拚命奔逃的是我，承受強烈痛楚的卻是她。

三個人安靜的吃著晚餐，刀叉與瓷盤碰觸的聲響顯得格外清晰，才吃三分之一寶寶就開始玩著盤裡的食物，她幾乎不吃肉，她對於選擇食物的偏頗彷彿只是自身感情延伸的末端，她始終躡足走在搖晃的邊緣。

不這麼小心翼翼的走著那麼就連最後一點存活的感知都沒有了。她說，正因為生命的傾斜我才能夠看見自己。

最後我還是開口了。

「妳吃太少了。」

「但是我已經吃飽了。」

「要先吃的是肉吧，妳根本只吃裝飾品，很浪費錢耶。」

整晚沉默的佳佳也開始說話，不只是對寶寶說話，而是一種對我的友好表現，無法直接和我交談卻不是抗拒，我非常明白，有些時候沉默不是不想說話，而是不知道該說什麼才好。

「那妳吃，反正有人吃就不浪費了。」

「我又吃不下那麼多。」

「就算不餓也至少吃下一半，剩下的我會吃。」

「好吧。」

似乎從這一瞬間作為起點，停滯的空氣開始流動，並不是很流暢卻稍微能夠感受到從另一個人傳遞而來的心情，佳佳微笑次數多了一些，寶寶就和日常的她一樣，她身邊的人習慣的那種日常，我猜想這就是她的努力，只要作為中間點的她什麼也沒有改變，或許就能讓佳佳感到安心，即使多了一個哥哥也不會動搖自己的生活，她試圖讓佳佳相信這一點。

然而事實上，最不願意相信的卻是努力讓所有人都相信的我和她。

沒有特別的交談，偶爾是寶寶和佳佳說話、偶爾是寶寶和我說話，從非常簡單的對話開始，聊著那些寶寶都已經知道的瑣事，為了給我或者佳佳聽。凝望著這樣的寶寶我的心情有些複雜，她耗著力氣試圖將我拉進這個「家」之中；然而我卻看不透她的微笑之後含藏的究竟是一種妥協或者，是另一種飛蛾撲火。

我斂下眼，並不是看不透，而是不敢看透。

「聽到了嗎？」

「什麼？」

「佳佳離開之前，」我和她望著佳佳逐漸縮小的背影，「說的是『彥杰哥再見』。」

「嗯，我有聽見。」

「這樣，拉住阿杰的線就越來越多條了。」

隱喻。過多的隱喻。晦暗不明的話語更加容易盤據思緒，沒有確切的落地點，也許是也許不是，於是遲遲無法落地。

「有點晚了，我送妳回去吧。」

「阿杰逃避的樣子始終沒有變過呢，但是，沒辦法每一次都躲得開喔，因為這並不是一個輕鬆的世界。」她抬起眼，堅定異常地凝望著我，我想移開眼卻沒有辦法，「阿杰，你要逃到什麼時候呢？」

「人總會有不得不拚命逃的時候。」

「那麼，到底想逃到哪裡去呢？」她輕輕地笑了，站在我眼前的彷彿不是她，往後退了一步她轉身背對我，「逃到沒有我的地方，還是，連自己也沒有的地方呢？」

她走在我的身邊，步伐相當的慢，然而無論多慢只要前方存在終點我們終究會抵達。

停下腳步她側過身正對著我，那是淺而疏離的笑，她從來沒有這麼對我笑過，彷彿我終於被推出她的世界之外，我想別開眼卻沒有辦法，最後她斂下笑容，沒有任何表情。

「阿杰要留下來陪我嗎？」

「很晚了，我該回去了。」

忽然她輕輕拉住我的左手，有風，空氣中混著我分辨不出的味道，隔了一段空白在那之中沉默以暈染的方式散開，卻在過程中逐漸被稀釋。那是為了沉默而做出的沉默。

「我今天會乖乖當好阿杰的姊姊。真的。」

今天。

「寶寶……」

她緩慢的放開手，沒有看我而是望著鬆開的那一點延伸。

「這世界上我想得到的只有唯一一樣，我不貪心，比大多數的人都還不貪心，但是從來到這個世界的瞬間就已經註定無法得到那份唯一……說不定是我上輩子或是上上輩子做了太多壞事所以神打從一開始就決定懲罰我，生下來就是為了被懲罰，有好長一段時間我都這麼想，但是又覺得很不公平，到底關我什麼事呢，所謂的過去，而且是我記憶中沒有的那段假想的過去，事實上也可能根本沒這回事，所以我，無論如何都沒辦法，沒辦法接受『因為是現實所以就只能接受』這句話，那只是為了合理化自己的無能為力。不只是這個世界，連帶著我的自身，我連改變自己來適應這個世界都沒有辦法。」她的淚水安靜滑落，無聲卻喧囂，「正因為無能為力，所以，我要讓這四個字深深的刻進我的骨裡，每一分每一秒和每一個呼吸都反覆提醒著自己。那份疼痛。那份，無能為力。**阿杰，我只是希望你能看著我而已。**」

但是，我們連這種渺小的希望都不能夠擁有。

彷彿剪斷那條實體的線，沒有電話沒有簡訊甚至父親期盼的家庭聚餐也沒有她的身影，或許我們永遠沒辦法圍成所謂「家」的圓，那天佳佳撥了電話給她，我聽不見聲音卻已經是這段時日以來我和她最近的距離。

然而我明白綑綁我和她的虛線仍舊分分秒秒拉扯著彼此，只要哪個人開始往反方向奔跑另一個人的身體就會產生劇烈的疼痛，那是我回到這裡才終於明白的事實，這五年之間拚命奔逃的是我，承受強烈痛楚的卻是她。

我很好。儘管如此她仍舊反覆這麼對我說。

「彥杰最近是不是瘦了啊？而且感覺越來越少說話。」

「是嗎，我覺得沒什麼差別。」

知繪依然以過於燦爛的笑容試圖靠得更近，偶爾愷威會以巧妙的姿態滑進我和知繪之間，但這陣子他大多不在辦公室，況且這本來就是我自己的問題。

然而我卻沒有面對知繪的心力。

「一定是愷威工作接太多了，他也忙得幾乎沒出現在辦公室，甚至還像規劃旅遊路線一樣去排定跟客戶的約呢。」

「因為是起步的關鍵點，所以沒有辦法。」

至少忙碌能夠佔去許多時間與心力，然而過去時常會忘了放在哪的手機卻開始不離身，也許哪個午休會聽見電話響起。你說可以陪我吃午餐。或許會聽見她這麼說。

不能期待的卻依然期待，這些日子以來我拚命逃離的不是任何人或者任何事，而是自己。

「再怎麼樣也要好好吃飯吧。」

「妳去吃吧，我還不餓。」

「可是……」

電話響了。畫到一半的線斷了。拿出手機顯示的是陌生的號碼。

「你好。」

「彥杰哥嗎？我是佳佳。」

「怎麼了嗎？」

「你現在有空嗎？姊昨天發高燒，我陪了她一個晚上雖然燒有點退了但狀況還是不太好，因為你離姊的住處很近所以想拜託你去看一下她。」

我的手不自覺握緊了拳。

「我現在就過去。」

「鑰匙放在信箱裡，鍋子裡已經煮好稀飯微波一下就好了，藥就在桌上。」

「我知道了。」

「還有……」佳佳頓了一下，「妳如果意識不清楚的話可能會一直哭，我也不知道為什麼，但是她昨天哭了一整晚……」

「我會在那裡陪她，妳不要太擔心。」

「謝謝你。」

「寶寶是我的，」我深深呼吸，「家人。妳也是。」

匆忙往她的住處趕去，我的身體始終是緊繃的，我想著她，沒有辦法克制的想著她。她討厭疼痛也厭惡鮮豔的藥粒，然而這些令人不快的存在卻總是纏繞著她，這個世界太過不公平，儘管我總是避免讓自己產生這個念頭，但只要想起她，就會感受到被深深壓制在身體深處的那股恨意。

這個世界分分秒秒都毫不留情的啃食著她，打從一開始就註定無法完整，好不容易接近了稱之為完整的可能，但那卻是個陷阱，為了讓她真正明白什麼叫做不完整。

必須先萌生希望才能夠使人絕望。

我是那個餌。將她推入無底洞的最大力量。我努力不去恨任何人，無論是媽或者是父親，但是我卻開始痛恨自己，如果她的生命裡從來就沒有我，說不定她就能夠得到自己。

然而如果我的生命裡沒有她，我不知道我是不是還能夠成為我自己。

「說不定再也見不到阿杰了呢，但其實這改變不了什麼，無論延長線另一端以什麼樣的姿態延伸，因為沒辦法往那邊走所以事實上根本沒有太大的意義。所謂的人生有百分之九十以上都不是自己能掌握的，那些擺在面前的選擇事實上只有一個選項，像是離開或者留下，對阿杰而言能給的答案只有一個，跟自己內心深處的渴望毫無關聯，而是不得不依照自己所被強加的框架進行選擇。我們從小就被強迫灌輸這個顏色叫做『紅色』，這一邊稱為『正確』，但是，那只是一種集體性的自我欺騙而已。

「在古代某些王族為了保有血統的純正與尊貴所以都是兄弟姊妹相互通婚的喔，但是我們的國家為了避免遺傳性疾病而以法律強迫施加『罪』與羞恥在相同的事情上，不覺得很莫名其妙嗎？但是我並不想反抗框架，那不關我的事，因為不想讓阿杰痛苦所以我不會拉住你，但是對我而言這份愛情從來就不是罪孽。

「所以我不會逃，我會站在這裡，一直站在這裡。」

停在她的門前，我的手握著鑰匙卻微微顫抖，她就在那扇門之後，深深呼吸在鑰匙轉動的瞬間我聽見鎖被開啟的聲音，猛烈撞擊著我的意識，輕輕推開門又小心的關起。

然後，我走進了這裡。

她安靜的躺在床上，額際冒著汗，小心地讓自己不要驚擾她，輕輕拭去那層薄霧，肌膚傳來的溫度逼近過高的臨界，她有些困難地呼吸著，皺起眉一行清淚滑過頰邊。

終究我還是伸出手了。

撫著她的頭，這總能讓她感到安心，然而她沒有沉沉睡去而是掙扎著睜開眼。

「阿杰……」

「妳乖乖睡，我不會走。」

「真的是阿杰嗎？」

「嗯，我在這裡。」這裡。

「如果醒來發現這是夢該怎麼辦？」

「那妳握住我的手，妳說過的，這樣就算是夢我也走不了了。」

將手放進她的掌心，她緊緊握住，看了我好一陣子終於閉上雙眼。

「我一直夢到你，但是每次睜開眼睛卻總是沒有你，然後我開始想，只要不睜開眼就不會看不見你……但是，每一次每一次我還是睜開眼睛了，因為，比起那些落空，錯過你的可能性更讓人感到害怕，阿杰，我終於還是看見你了……」

「睡吧，這樣病才會好。」

「但是病好了，阿杰就會離開了。」

「妳答應過我會好好照顧自己。」

「我答應過阿杰，所以我一直很努力，真的，我一直都很聽話……但是，力氣好像突然用光了一樣，就算想要努力也沒有辦法。」她的聲音非常虛弱，閉著眼睛的她卻透著濃烈的無助，透明的淚水無聲流著，「阿杰，我已經、把所有力氣都用光了……」

「寶寶，妳只是太累了，好好休息之後就會有力氣了。」

我的手稍稍施力，我們一直在尋找這種能夠靠近彼此的合理性，卻又害怕靠近會勾起過於洶湧的感情，我們所做的努力並不是消弭或者捨去體內的感情，單純只是用力壓抑，無論如何都不能讓情感淹沒理智。

「我並不想當一個堅強的人。」

「但是我們，不得不堅強。」我低下頭靠上她的額頭，在這個只有我和她的空間裡，我的理智顯得太過薄弱，「寶寶，有很多不能被實現的奢望，只有學會堅強才不會讓自己被這些奢望吞噬。這個世界除了我們之外還有很多人，很多並不是無關緊要的人，如果妳的世界裡只剩下我一個人那是很荒涼的，所以我們必須堅強到，能夠待在另一個人的世界裡卻不會動搖彼此的世界。」

因為那是唯一，我能擁有妳的方式了。

世界已經傾斜，從我們的愛情開始

這些日子以來我才終於有阿杰離開的實感，儘管已經隔了三年五個月這麼長的時間，然而我體內的時間感一直以來都是停滯的，只要讀著阿杰回覆的信件就彷彿他只是到遙遠的地方旅行，我深深相信某一部分的他還留在這裡，觸手可及的這裡。

但是突然間，我寄出最後一封信件而他回覆最後一句話之後，那停滯了三年五個月的身體的、意識的一切突然失控般的加速，瘋狂旋繞，整個世界都在搖晃，我的身體我的意識沒辦法全然跟上，於是一片片地散落，這個部分掉在四個月的位置、那個部分留在一年七個月的地方、這一片黏附在九個月的某一天、那一片沾在兩年八個月的冬夜……就這樣一片一片剝落，等到我終於趕上時間確實的前行到「現在」，稱之為自己的我已經斑駁不堪。

我已經，不是自己了。

於是我開始感到混亂，極度的、邊緣性的混亂。

我體內的每個部分彷彿都停留在不同的時空之中，那和全盤停滯不同，連脆弱的完好都無法擁有。散亂的，混雜的，交錯的，扭曲的，我的身體裡堆疊著各式各樣廢鐵一般的片段，以無比難堪的角度，我幾乎認不出自己，而那僅存的幾乎卻是來自於他人的喊叫，誰和誰的聲音對著我喊著的名字，一次又一次我才得以確認，那確實是身處於現在的自己。

但確認了被指涉的自己又有什麼意義呢？

我不明白，過去的我不明白，現在的我也不明白，我想往後的我能夠明白的可能性同樣微乎其微，那與自身的期望沒有關係，單純是我無法像一般人那樣果斷的跨步，如果可以的話，也許給我一百次的選擇也還是會給出相同的答案。站在原地就好。如果非得有所動作那麼我也能夠十分配合的原地踏步，因而我的移動本身並非為了前進，而是為了對抗前進，那是違反自然法則的動作，所以沒辦法，得到懲罰也是不能避免的事。

躺在病房的那些日子我總想像著那裡是地獄，冰冷、寂寞、疼痛、刺鼻、喧囂的悲傷、反覆的動作，以及不能動彈的囚禁，但那裡終究不是地獄。真正的地獄裡我想這些都不會有，連痛苦也沒有，即使努力想得到痛苦也沒有辦法，這就是懲罰啊，說不定會有哪個人這樣對自己說。

但是我還沒有聽到任何聲音，很安靜很安靜的夜裡也聽不見，所以我想或許不能是這裡，於是我搬離了還殘留著阿杰的家裡。想到一個遙遠、連一點關於阿杰線索都找不到的城市。認真地下定決心卻跨不出去，游離在灰色地帶，以邊緣性的姿態生活著，假裝我已經不需要阿杰了。

不是對誰假裝，而是對自己。

也許等我終於開始相信的那一天，阿杰就能夠，回到這個城市了。

07

但是，無論多麼心疼都不能伸出手，一旦走向前就再也沒有逃脫的可能了。她和我之間的愛情必須被割捨。不得不被割捨。無論如何都得被割捨。我們從來就沒有選擇。

她睡得很沉，儘管如此握住我的手卻沒有放鬆，白皙到讓人感到害怕的臉龐沾附著淺淺的淚痕，我的手始終擱在她的頭上，我的雙眼沒有任何移動地凝望著她。

我多麼希望看見她眼中屬於自己的倒映，但我們能夠得到的只有遊走在灰色地帶的注視，不能被別人看穿，也必須假裝不知道來自對方的凝望。假裝。

不知道過了多久，時間在我和她之間並沒有太大意義，我們體內的鐘以不同的速度旋轉，忽快忽慢也沒有等距劃分的時刻，尤其在彼此身邊的時候，更是以一種隔絕的方式進行。

她稍稍皺了眉，掙扎著睜開雙眼，緩慢的、雖然只是張眼的動作我卻能感受到強烈的不安與害怕，我不敢想像是不是每次她的張眼都是如此煎熬，她的視線定格在我臉上，彷彿正在確認，手稍微用力了一些，接著她笑了。

「阿杰……」

「肚子餓了嗎？我去熱稀飯。」

「不要。」

「不吃東西不行，中午的藥妳也還沒吃。」她的手又拉緊了一些，「我不會走。」

望了我好一陣子她終於緩慢地鬆開手，雙眼卻仍舊不放心地跟著我的所有動作。或許是因為生病的緣故。儘管身體不好又或許這就是理由，她很害怕生病，並不是害怕病會帶來什麼而是對於生病的狀態感到恐懼。

生病的時候會感到特別的寂寞。她說。雖然平常也會有寂寞或者孤單的感覺，但是生病的時候，那種寂寞像是海嘯一樣毫不留情的撲來，我只有一個人，在那瞬間即使不想聽也還是會聽見，摀起耳朵也沒有用，因為是從身體內部發聲，摀起耳朵反而會聽得更清楚。

小的時候爸爸或者媽媽會在身邊陪我，那時候能感到一點安心，但是醒來之後身邊卻一個人也沒有，因為燒退了，因為我的樣子好很多了，因為我睡著所以離開房間沒有關係，這些我全部都知道，也一遍又一遍的告訴自己，但是我發現比起沒有人陪在身邊，我更害怕明明閉眼之前就在的人卻在張開眼睛之後消失不見，有一段時間我很害怕入睡，說不定醒來之後所有東西就會通通不見，所以我開始假裝自己很好，只要一開始就沒有那麼也就不會消失了。

所以她，就這麼放任自己體內的空洞。

「我又害阿杰請假了。」

「我是事務所的合夥人，所以沒關係。」

端了稀飯到她面前，她討厭白稀飯，從前的她會耍賴但現在卻安靜喝著，困難的吞嚥著卻一句話也沒說，然而越是這樣就越讓人無法捨下。

「如果吃不下不要勉強自己，晚一點我再泡牛奶給妳喝。」

「嗯。」

「佳佳下班就會過來了。」

「那阿杰就會走了嗎？」

「先吃藥吧。」

「知道為什麼我會搬出來嗎？」將水倒進玻璃杯裡，她的聲音彷彿穿透水的聲音，「收到阿杰最後一封信之後就搬出來了，因為待在那裡就會被『阿杰總有一天會回來』的念頭填滿，隔著一道牆就是阿杰曾經生活過的房間，我曾經和阿杰坐在沙發上吃著午餐……只要開始回想就會沒完沒了，所以就搬出來了，與其說是想逃開阿杰或是過去，倒不如說是想逃開自己。

「寫給阿杰的信裡說過，如果阿杰不打算回來的話，那麼就告訴我你不會回來，這樣我就不會等你了。」空氣彷彿凍結我不敢轉身卻聽見她起身走近的聲音，她輕輕靠在我的背上，溫度透進我的意識，「但是你沒有說你不回來，所以，我始終在等你。」

我知道。我知道妳會等我。正因為知道才沒有辦法說出「我不會回來」，那是我的自私，必須放手卻又抓著最後一條線。

妳的痛苦不只來自我們的愛情，同時也來自於我的自私。

寶寶，我想說對不起，但是我害怕在說出對不起之前，我先說出的會是我愛妳。所以一直緘口不語，我根本不堅強，甚至太過懦弱，連一點失去妳的勇氣都沒有。

真的失去妳之後或許，連自己也什麼都不剩了。

「還記得我曾經對你說過的話嗎？」

她走到我面前，拉起我的左手貼放上她的胸口，隱約的溫度透過輕薄的布料，我的掌心微微滲出汗水，在極為安靜的世界裡我感受到她胸口的震動，像是用力呼吸就會錯過，所以我屏住呼吸讓那樣的震動能夠由掌心傳遞到我的胸口。

「人的心臟之所以在左邊，是因為我們都在等待另一個人，以不完整的姿態拚命忍耐等待著，等到能夠相互擁抱的那一刻，感受到來自對方的心跳，當兩顆心臟同時跳動的瞬間，我們才終於得以完整。」

她跨過了在彼此之間那一個跨步的空白，輕輕貼靠在我的胸前，淡而輕的悲哀感像暈染一般滲入每一個呼吸裡。

「八年前我以為自己比任何人都還要幸運，不必尋尋覓覓就遇見你，卻為了要驗證所謂的愛情離開你。然後，我才明白不完整並不難忍受，讓人近乎失衡的是曾經感受過那樣的完整。好不容易明白之後，卻以荒謬至極的方式作為重逢的開場，面對面的那一瞬間，你知道嗎，我忽然發現也許那時候的我並不是幸運，而是一種悲哀。

「到底是為什麼呢？這五年來我反覆的想著，到底、是為什麼呢？如果能夠簡單推給命運或者註定，也許就能輕鬆的走過，但是無論如何我都沒有辦法。每個人的生命中也許都會出現一個讓自己覺得即使背叛整個世界都無所謂的人，阿杰，只要能夠像現在這樣擁抱著你，即使失去整個世界也無所謂。」

她的溫度以我的胸口作為起點瘋狂的蔓延，滲入到我的每一寸肌膚與每一分意識，緊緊握著雙拳拚命的忍耐，害怕自己只要稍微鬆懈就會伸出手用力擁抱她。

我閉上雙眼，鼻尖卻繞著屬於她的氣味，我需要深深呼吸卻又無法攝入更多她的存在，無論是她或者是我一直都是以這種邊緣性的方式喘息著，從來沒有足夠的氧氣，也從來沒有忘記過屬於對方的氣味。

「無論……」我的聲音太過低啞，「無論我們之間曾經有過什麼，都必須被掩埋。」

「我沒辦法將對你的愛情埋葬，我沒有辦法，一點辦法也沒有，如果不想死的話，就只能帶著對你的愛努力的活下去。」

「寶寶……」我艱難的說出口，「**在我們生命中有些部分是不得不被捨去的。**」

我就是妳最該捨棄的部分。

「如果必須帶著零碎的自己這樣活下去，倒不如不顧一切的放一把大火，通通燃燒殆盡也無所謂，在那個瞬間，見到你的那一個瞬間我是帶著這樣的覺悟叫住你的……只要閉起眼告訴自己不是、只要用力咬著嘴唇拚命告訴自己那不是，也許就能讓你繼續活在另一個安穩的世界裡，但是沒有辦法，連一秒鐘都沒辦法忍耐，只要想到閉上眼之後就再也看不見你，就一點辦法也沒有……」

她緩慢地離開我的懷裡，停頓了很長一段時間，她在等我睜開眼，我知道，死握著雙拳終於我張開眼，絲毫不能閃躲的迎上她的雙眼。

「阿杰，有一種愛讓人無能為力，儘管無能為力我也還是沒辦法不愛你……」

她的淚水滑過泛紅的雙頰，滴落在淺灰色針織外套上，即使隔著一段距離還是能清楚看見反覆滴落的畫面，彷彿染血一般在她的身上暈開。

綻放成深灰色的花朵。

扎在我胸口之上。

「寶寶，如果放火燃燒，沒辦法逃生的不只是我和妳而已……五年沒有辦法，說不定只是時間還不夠長，也許再過一個五年……」

我的話語飄散在她的凝望之中，濃得幾乎讓人溺斃的悲哀瀰漫在她的雙眼，儘管知道她的愛比我猜想的還要深，卻因為她太過慣於掩去所有的感情，而我又太過害怕望進她的想望，所以這一刻的我再也無法接續任何話語。

陷入深不見底黑暗之中的我忍受的也許只是寂寞和恐懼，然而早已熊熊燃燒的她的體內，到底她要怎麼一個人承受那樣的灼燙？

但是，無論多麼心疼都不能伸出手，一旦走向前就再也沒有逃脫的可能了。

她和我之間的愛情必須被割捨。不得不被割捨。無論如何都得被割捨。

我們從來就沒有選擇。

「阿杰，你會不會有一天消失不見呢？」

「我不會。」

「那我們打勾勾。如果沒有遵守約定的話會被懲罰的喔。」

「懲罰？」

「嗯、懲罰。如果阿杰消失不見的話，我也會一點一點的消失不見，像被風化的岩石一樣，雖然短時間內看不出來，但確實流失著。這個啊，是很可怕的事情喔，因為是一小部分一小部分的消失不見，明明知道自己正在流失卻不知道到底是哪部分，這比有個人說著『我要把你的一半拿走』還要可怕一百萬倍，所以我就會每天都很可怕很可怕的這樣活下去。」

「為什麼我消失受懲罰的是妳？」

「因為，是我沒有讓阿杰想一直待在我的身邊。」

「我不會離開妳。」

「嗯、我們打過勾勾了，打勾勾約定的事情就要遵守。」

「那妳，會消失不見嗎？」

「不會喔，絕對不會，雖然大多數的人都會說以後的事情根本沒辦法保證，但是我不屬於那多數，只告訴你一個人喔，我的身體裡有不一樣的時間，很慢、很慢，幾乎沒有前進，所以就算我變成了八十歲的老婆婆，跟現在的我也不會有太大的差別，因為我啊，心裡有一塊地方很久以前就不見了，那地方剛好是讓人能夠跟著時間、跟著身邊的人往前進的部分，所以我才會跟大家越離越遠。」

「那麼我們也會越離越遠……」

「阿杰不會，因為是阿杰的關係，阿杰的心裡，那部分，也比一般人來得少，雖然阿杰現在還不知道，但是以後的某一天一定會感覺到，到了那時候，說不定整個世界就只剩下我們兩個人了。」

「這樣妳會很無聊。」

「那樣也沒關係，只要我的世界裡有阿杰，什麼都通通丟掉也可以。」

□

我和她之間以拚命忍耐而勉強維持的平衡已經開始崩塌毀壞，她扯下了禁止通行的警告，往前跨了一步並且伸出手，我們之間她總是伸出手的那個人，看著近在咫尺的她，只要抬起手就能碰觸的她，應該要後退的我卻無法動彈。

我本來就不是擅長忍耐的人。她說。

然而我明白，她已經做好失去整個世界的準備，不是為了愛情而是為了我。

她的高燒持續了好幾天，彷彿是對於多年來努力忍耐的一次性反撲，躺在病床上的她微微皺著眉，阿姨和佳佳剛離開，而我始終待在這裡，無論如何都不想讓她張眼之際看見一片荒蕪。

但看見我或許是件更加殘忍的事。

我聽見走近的腳步聲，抬起頭我看見的是臉色灰白的父親。他給了我一個微笑，接著在我身邊坐下，兩個男人的目光都停留在她的身上。

「淑靜說你一直待在這裡。」

「嗯。」

「寶寶已經很久沒有這樣了，我們都以為她的身體狀況越來越好，但說不定我們只是替自己的疏忽找藉口。」

「她只是發燒。」

「我知道，但真正放下所有事一直待在她身邊的只有你。」父親的聲音聽起來比實際的他蒼老許多，「兩年前發生那樣的事情之後，我突然發現自己從來沒有了解過寶寶，雖然很擔心她的健康但除此之外我真的相信她是個什麼都能自己處理的孩子，但她還只是個孩子，而且還是必須忍受病痛和寂寞的孩子，只是發現之後卻也不知道能做些什麼，她已經沒辦法接受我們的愛了。」

父親提及的，我緊緊握住雙手，我想起佳佳也曾經以戒備的方式提起被掩蓋的「那個人」。

我。

「寶寶，發生過什麼事嗎？」

「不知道。」父親嘲諷而無奈的輕笑，透著濃濃的苦澀，「沒有一個人知道，我們看見的只有她的痛苦而已。那時候，我接到佳佳的電話說寶寶昏倒被送進醫院，那時候還以為她可能只是發燒或是貧血，但真正看見躺在病床的她我才發現她好憔悴，脆弱得像是隨時都會失去她一樣……醫生說寶寶長期營養不良，是精神性的無法進食，接著有很長一段時間她都待在醫院裡，精神也顯得恍惚，但是沒有人知道原因，寶寶什麼也不願意說，終於痊癒之後她變得更加陌生，總是帶著淺淺的微笑卻像面具一樣誰也看不見她。

「後來她說要搬出去，你阿姨當然很反對，一開始我也是，但是寶寶對我說『待在這裡可能會重蹈覆轍也說不定』，我才意識到，或許壓住她的其實是我們，我沒有對你阿姨說，但在相互妥協之後寶寶搬到離家不遠的地方，亞美和阿伸也常常和寶寶聯絡。但是我一直記住醫生說過的話，無論是什麼治療，解決不了原因就永遠無法真正復原。」

我想說些什麼卻發不出任何聲音。

「彥杰，我們已經讓寶寶承受太多的痛苦了，所以，我不希望我們也成為你的痛苦。」父親嘆了一口很長的氣，「雖然以父親的身分自居，但是我從來就沒有扮演過父親的角色，也許遲了很久，但至少，我會盡我所能成為讓你依靠的人。累了就先回去休息吧，今天晚上我會留下來陪寶寶。」父親站起身拍了拍我的肩膀，「淑靜跟佳佳也很擔心你。」

08 寶寶．恍惚之間

爸坐在床邊閉著眼我想是睡著了，濃烈的氣味與冰冷的空氣緊緊將我困住，微弱的光線，靜得連呼吸都顯得喧囂。我猜想夜已深，這裡沒有阿杰卻留有他的味道。

身體很不舒服但我還是盡可能不發出聲響的離開病房，長得彷彿沒有盡頭的走廊延伸著一種淒涼，冷，但我沒有折返而是一步一步確實往前走去，走出這座監牢，踏出的瞬間我明白，我只是從名為醫院的監牢走進更大更加無法逃脫的牢籠。現實。

我們只是一頭頭無以掙脫的困獸。

在門邊的階梯坐下，沒有月亮也看不見星星的天空卻泛著光，那是城市的亮度。我想著阿杰，想著那個擁抱，想著他的顫抖。

我始終逼迫著他。

有風，但相當微弱，在微光之中我凝望著自己的掌心，我知道必須放手，這是唯一能讓阿杰自由的方法，在我放手之前阿杰不會離我而去。反覆告訴自己，即使沒有阿杰的愛情他依然是我的弟弟；然而沒有辦法，在我生命中的任何一瞬間，我從來沒有接受過這個事實。

打從一開始我就知道自己無法安分的站在原地，儘管逼迫著自己不能走向前，但我的力氣沒有想像的那麼大，想著阿杰的時候，望著阿杰的時候，或是聽著阿杰聲音的時候，所謂的現實和記憶就開始混亂，偶爾會清楚記得阿杰是弟弟這件事，偶爾卻又以為我們只是平凡相愛著的兩個人，然而更加紊亂的是某些偶爾，阿杰和弟弟這兩件事重合卻又獨立，彷彿光影，截然卻無以切割。

最後我還是跨過了界線。

我已經沒有什麼能夠再失去了，我始終小心翼翼不讓自己擁有，但阿杰不同，他是被我拉進漩渦無辜的人，他能夠和一般人一樣愉悅的生活，卻因為我的存在而剝奪了他的人生，所以我一直在懲罰自己。不斷的。

短暫的搬回家，媽很堅持，但我連微笑的力氣都沒有，每個人都假裝沒有發現而努力維持著日常的流暢，阿杰偶爾會來，很偶爾的偶爾，停留得相當短暫，通常是一頓晚餐的長度。

看著阿杰逐漸融入這個家，我開始感到一股厭惡，不是厭惡哪個人而是自己，好不容易所有的一切開始往眾人期望的方向前進，但對我體內濃郁的愛情而言卻是一種毀壞的前奏。

「身體，好一點了嗎？」

「嗯。」阿杰坐在我的右邊，隔著一個人的距離，爸和媽不在家所以請阿杰來陪我，「因為必須好起來。」

「大家都很關心妳。」

「我知道。」就是因為太過清楚的明白才感到悲哀。

阿杰似乎想說些什麼但終究沒有，望著他的側臉我緩慢眨著眼，最後我伸出手輕輕碰觸他的眼尾，阿杰顫了一下，僵硬地維持著相同姿勢，彷彿只要一動也不動我們的世界就不會產生任何改變，他也拚了命在忍耐呢，但是我卻這樣一次又一次的撩撥，試圖將他引入火海。

收回手，我的指尖似乎還留有餘溫，視線移往不知名的一點，糊成一片的色塊其實我什麼也看不見，「我睏了。」

「我也該回去了。」

阿杰站起身，沒有說再見，我和他之間幾乎不存在著這個詞彙，坐在沙發上我望著他的移動，轉過身之後阿杰停了幾秒鐘，在跨步的動作前我緩慢開口。

「阿杰，現在的我，不僅沒辦法後退，就連安分的站在原地也很艱難，只要理智稍微流失身體就會不小心傾向前。如果阿杰和以往一樣待在原地的話，最後我一定會沒辦法忍耐……」我安靜的呼吸，停頓，沉默，接著，唸出最後一道咒語，這是最後一條也是剩下的唯一一條阿杰能夠逃走的通道了。「所以，推開我吧。」

隔了好長一段時間阿杰不再出現，我回到一個人住的房間裡，盡可能維持和以往相同的頻率和阿伸、亞美見面，佳佳來訪的次數多了一些但最近慢慢減少，或許只要這樣，每個人就能夠回到原位。

然而我仍舊想著阿杰。

這樣就好。這是我所能做的最大限度的努力了。

我以為可以，如同五年前我以為自己可以承受阿杰的離去，真的，起初都很順利，咬著唇我的呼吸有些困難，站在行人穿越道等著綠燈，不遠處的對面卻站著阿杰。不只有他，還有一個笑得燦爛的女人。

號誌變了。我的腳卻動不了，拚了命下定決心要將阿杰的人生還給他，所以無論是失去他或者是他身邊那個我始終以為只有自己能嵌合的位置放進了另一個人，都是預想之中的畫面，明明已經反覆練習過了，這時候應該微笑、或是裝作沒看見快步離去也沒關係，明明已經練習過那份疼痛了。

我好像，太過高估自己的忍耐力了。

阿杰和女人朝我走來——並不是朝我走來，阿杰已經不會往我的方向走來了，只是恰巧我站在他必須經過的路途而已。

我想別開眼卻沒有辦法。

或許，只要阿杰以陌生的姿態走過我身邊，那麼我就能逼迫自己轉身，沒辦法離開原地也沒辦法後退，那麼唯一能做的就只有轉身背對著阿杰。假裝，我的背後一個人也沒有。

接著，我們錯身而過。

我幾乎沒辦法呼吸，壓著胸口但我仍舊直挺的站著，要是看見我的疼痛阿杰就走不掉了，所以為了阿杰即使艱難也必須撐著，只要他走過這段路將我拋在身後，那麼，他就終於能夠得到自由了。

我沒有辦法捨棄阿杰，那麼就只能讓阿杰捨棄我。

昏眩感幾乎奪走我的意識，我拚命的站直，淚水沾濕了雙頰，行人來來去去，號誌變換了很多次，阿杰已經走了，我告訴自己，阿杰已經走了。

終於我蹲下身，用力壓著胸口努力汲取著氧氣，淚水沒辦法停住，我的意識開始飄散，飄散，也許會昏倒在這裡，但那已經無所謂了，因為阿杰已經不在這裡了。

「寶寶。」

哪個人用力接住我的身體，環繞著我的，是我永遠都沒辦法忘記的味道。

我盼望著你回來，卻又祈禱著你不要回來。我們所擁有的人生，打從一開始就寫滿了掙扎。

我用著體內僅剩的力氣用力攀住，我的奢望。

你知不知道，一旦你回來了，我就，再也沒辦法放開你了。

09

愛情本身就是殘忍的，無論是逐漸被消磨的那種殘忍，或是一輩子刻骨銘心的殘忍。在這兩者之間，我寧可選擇後者，因為，這能讓我記住，自己曾經、深切的愛過你。

寶寶坐在我的面前安靜吞嚥著盤中的食物，彷彿下定決心一般，她踏進我的生活，從某一天開始。那像是被選好的一天，沒有太陽沒有雨沒有風什麼都沒有，彷彿排除了一切之後我們就只能看見彼此了。

在那之前她總是精準拿捏著站立的位置，無論靠得多近仍舊會在界線之外停下，甚至蹲坐在那道隱形的界線之外貼靠著想像出來的牆，我們知道，我的世界從來無法對她設下隔絕的牆，於是我們開始想像，想像兩人之間存在著一道絕對而不容挑戰的阻隔。

然而她終於捨棄了那份可笑的想像。

從那天起我們開始午餐。

和五年前一樣的開端。

「阿杰要吃花椰菜嗎？」

「妳吃吧。」

「可是我想吃阿杰的南瓜。」

她輕輕的笑著，她知道我不喜歡南瓜卻從來不以張揚的方式表現，她夾走了南瓜放進花椰菜作為交換，這是一種交換而不是替誰吞嚥下厭惡的食物，她的溫柔總是如此隱微，大多數的人或許無法發現，然而一旦觸碰到了那份溫柔，那一瞬間會突然明白，她不是為了得到什麼，甚至連大多數人希冀以溫柔以關愛交換的感激或者感情她都不要。

不要。以交換方式得來的感情她不要。

「阿杰。」

「嗯。」

「像這樣能夠自然而流暢的喊著你的名字反而不真實，偶爾，很頻繁的那種偶爾，會以為自己終於支撐不住而摔進想像之中再也沒辦法爬出；但，阿杰是真的在我面前。」

反覆確認。但那是不能夠被確認的感情。

「我們是姊弟，所以待在彼此身邊是很正常的事。」

「阿杰真是殘忍呢。」她毫不在意的笑了，她知道，我只是在虛張聲勢，我只是試圖合理兩個人的貼靠，我只是在做著徒勞無功的努力。「但是沒有關係，因為這些，對我而言都已經無所謂了。」

「快吃吧，冷掉就不好吃了。」

「那麼阿杰，也能毫不閃躲的直視我吧。」她說，「因為是姊弟所以沒有關係。」

盯著盤裡太過鮮豔的花椰菜，我的思緒開始混亂，彷彿一種誘惑，是姊弟所以沒有關係，如同我說的，如同她說的，如同我們努力相信的；但是不能，我沒有堅強到那個地步，並且在她已經開始跨越的現在。

只要我讓她拉住，那麼她就，真的失去了整個世界了。

「阿杰要快點把午餐吃完，我沒有關係但阿杰必須回去工作。」抬起頭時她已經轉開視線，用著飄忽的語調輕輕喃唸著，「我的意志總是太過薄弱呢。」

「寶寶……」

「再多一些什麼就會沒辦法了喔，所以阿杰，連溫柔的聲音都不要給，因為現在的我，就算是阿杰的殘忍也都貪婪的想要。」

她已經捨棄隱喻了。

愛情被攤開平放，那之中，那些她那些我以及那些我們，始終遮著的布幔被猛然掀開，這裡已經不需要隱喻了，彷彿聽見她這麼說。

這裡。已經。不。需。要。隱喻。了。

「雖然不是一起喝酒的關係，但如果就這麼談話似乎又過於緊繃了。」

苦艾酒的氣味在口中擴散，昏暗的空間裡流洩的是耳熟的爵士樂，坐在我左手邊的阿伸安靜地搖晃著手中的玻璃杯，冰塊碰撞的聲音被背景音樂吞噬卻又像兀自剝開那層膜跳了出來，我淡淡的呼吸沒有打破沉默的預備，那些話語的起點還在阿伸的體內醞釀。

我和他的交集只有寶寶。無須猜想就能預料話題的中心，所以這需要更多時間醞釀，喝了第二杯苦艾酒，我並不喜歡酒精竄入體內的感覺，但不得不和他人談論起寶寶的那些時刻，酒精就成為一種不可或缺的存在。

「或許我不該出現在你面前，我也不是能夠談論這些的人，儘管是小米的朋友，但這不等同能夠干涉。」他沒有看我，以生疏的姿態提及最隱密的那個部分，這種落差反而強調了現實感，「只是，唯一知道的局外人似乎只有我了，就算只是最邊緣的部分，但因為我曾經用自己的全部去愛她，所以能夠以更細微的方式看見她的感情；她是一個善於隱藏的人，但是一觸及到你，就像是太過用力想隱藏反而露出些什麼。

「這些你應該比我清楚，儘管對任何人都完美的隱藏，說不定正是這樣所以在那個人面前，也就是你的面前我想她不會這麼做。我不在乎那些道德性議題或是沉重的價值觀，就算心疼她但那是你們的問題，你去加拿大的原因也許是這樣，但那不重要，重要的是她的精神已經失去平衡，雖然打從一開始就微微傾斜，但是現在，她已經完全失去平衡了。」

他將玻璃杯裡的液體全部喝光，婉拒了酒保添酒的詢問，讓冰塊孤零零的在杯裡融化。

「我試著跟小米談這件事，」他厚重地吸了一口氣又緩慢吐出，「她說，她已經沒有辦法了，但是你還在拚命努力。事實上她也就只說了這些話。你應該知道，你們的愛情即使得到理解也不可能得到諒解。」

厚重的呼吸，阿伸的話語沒有明顯的情緒起伏，但那和寶寶的淡漠不同，可以感受到他正施力壓抑著自己的情緒。

「我知道。」

「但是小米不在乎這些。」我的手不自覺地握緊，阿伸轉過頭來直直望著我，「我知道我不該這麼做，但是，我不是要對你說『離開她』這種話，相反的，我希望你帶著她逃走。」

阿伸眼底有一種很深的什麼，或許是因為燈光或許是因為陌生我無法解讀。

「逃到她對你的愛情終於消失殆盡的那一天。」

「為什麼？」

「你比我更清楚這一點。」

阿伸的話語反覆繞著，逃走，我始終在逃，無論是過去或者現在，甚至已經做好往後人生都是一場無窮無盡的逃亡的預備，五年前踏進餐廳看見她的那一瞬間或許就已經明白這一點，但是我不敢去想拉著她一起逃的夢，至少，兩個人之中能夠有一個人能夠得到安穩。

我並不是一個容易動搖的人，然而只要在她所構成的空間裡，始終會動搖。我並不是害怕逃亡，而是害怕，在奔逃之中她會突然鬆手。

卑劣。我就是一個卑劣的人。

我明白，只要像這樣拉扯她就永遠不會放開手，拚命告訴自己不能，那些道德那些血緣那些所謂的家人，其實我並不在乎，如果在她和龐大的世界進行取捨，答案從來就只有一個。

「也許從一開始我們的愛情就註定是一場悲劇，那也沒有關係，正因為是悲劇才會被記住。但是我不需要任何人記住我們的愛情，只要阿杰記住就好，這是很殘忍的一件事，但是愛情本身就是殘忍的，無論是逐漸被消磨的那種殘忍，或是一輩子刻骨銘心的殘忍。在這兩者之間，我寧可選擇後者，因為，這能讓我記住，自己曾經、深切的愛過你。」

「阿伸去找過你吧。」沒有前言也沒有預備拍，放下水杯之後她突然這麼說。「阿杰可以搖頭沒關係，阿伸是很簡單的人，越焦急的時候就越簡單，明明這時候更需要複雜的思考。我不會問阿伸對你說了些什麼，大概跟一般人會說的話差不多，例如離開、放手或是不被允許，這是最基本的事早就知道了啊，但是大多數的人儘管明白這一點，還是會認為『只要自己說了對方就會這麼做』，雖然很喜歡阿伸，但是很多事情就是沒有辦法吶。」

阿伸說的並不是這些，但沒有必要讓她知道，所以我斂下眼什麼也沒說。

「不過，說不定只要越多人這麼對阿杰說，阿杰就會下定決心用力把我推開，接著說『等到妳能把我當作弟弟才過來吧』。」她開心的笑了，「那我大概就會永遠被驅逐了吧。

「有時候我都會想，就算一輩子都像現在這樣或許也是一件好事，雖然沒辦法靠得更近，雖然大多時候會很痛苦，但如果能夠換來這樣的距離、和某些時候可以不用隱藏那些感情，或許已經很靠近自己的奢望了。但是對阿杰而言大概是一件糟糕的事，所以我知道總有一天這樣的平衡會被破壞，本來就是和吊掛在懸崖邊一樣的危險平衡，而且破壞掉平衡的一定是我，要是打賭這個我一定會贏喔，因為就連現在，我的腦袋裡裝的除了阿杰之外，通通都是怎麼破壞掉現狀的方法呢。」

她說了很多話，並不是因為開心的緣故，情緒不穩定的時候她就會以特別愉悅的方式說著大量的話，我想阿伸的動作觸及了她的某些警戒，她害怕我會後退儘管她一直做著這樣的預備，我什麼都做不了，不能給予安慰也沒有力氣後退，只能聽著那些張揚的字句之中含藏的顫抖。

我是個太過懦弱的男人，對於自己深愛的女人正被劇烈折磨的現狀全然無能為力，我所能做的，就只有逼迫自己注視著她的疼痛與哀傷。

「我們去散步吧，不會靠近阿杰的公司，在這附近隨便走著都無所謂，只是想稍微離開餐桌。你看，我開始貪心了吧，本來想著只要能一起午餐就好，沒有多久就不安分了，但是只有十分鐘我想沒有關係，我希望沒有關係，但是……」

「走吧，妳去曬曬太陽也好。」

但是我們不知道，這一瞬間還不知道，即將，吊掛在懸崖邊的平衡即將斷裂。以一種在我們期望之外的方式。

知繪站在我和她面前，雖然只有一瞬間但停滯感正是從那一點開始瀰漫，側過頭盡可能不引人注目的看了寶寶一眼，或許這樣的遮掩也只是徒勞，反而讓空氣流動變得更加緩慢。

然而我無法毫無顧忌的注視寶寶，像是規則一樣打從一開始就被決定了。她交握的雙手正隱微的施力，不必想像就能知道看不見的陰影中她的指甲正深深陷入柔軟的皮肉之中，一直以來都是這樣，她總是以讓人心疼的方式努力忍耐著，尤其是她的情緒特別不穩定的今天。

所以那個時候，在我能夠合理的站在她身邊的那個時候，偶爾會幫她修剪指甲，像小狗一樣呢，她這麼對我說。很幸福的這麼對我說。

「因為有阿杰在身邊就不需要忍耐，所以才會乖乖讓指甲被剪掉。不問我為什麼一定得留著指甲嗎？」

「為什麼？」

「我啊、在我的身體裡面，所謂的忍耐力這種東西是相當薄弱的，大概意志不堅定也是原因之一，但就算是這樣，還是有許多時候不得不忍耐。」她總是相當直接凝望著我，不僅毫無保留的看見我，也將自己清楚攤開來，因為沒辦法說出口所以只能用這種方式，或許在這一點我和她太過相似了，「不知道從什麼時候開始，找到一種提醒自己必須忍耐的方法。因為很怕痛，所以當指甲深深陷入肉裡就會整個人被痛覺綑綁住，那就沒有力氣去思考其他的什麼了……雖然想過其實也沒必要忍耐，但不忍耐的話，就會有『通通毀掉也沒關係』的念頭，所以說啊，活著真的是件很麻煩的事呢。」

「就算麻煩還是必須活著。」

「阿杰想說的，是必須活著，還是你希望我活著呢？」

剪斷她小指的指甲之後我輕輕放下她的手，她卻在我鬆開的瞬間緊緊的握住我。

「雖然很多時候隨便自己解釋阿杰也不會反駁，但就是因為這樣才會更加不確定，到底是因為我想聽阿杰才這麼說，還是阿杰真的是這麼想，這樣下去，有一天說不定會連忍耐都做不到了。」

「我希望妳活著。」

「阿杰這麼說，我就會這麼記住。」

「彥杰？」知繪扯開了笑容卻刻意避開投注於寶寶的視線，「我剛吃完午餐正要回公司，這位是？」

她用力的、不需認真注視就能清楚看見那瞬間她猛烈的施力，我想拉開她的手，儘管這麼想卻只能注視著她的疼痛，凝望著她的忍耐，而忍耐著。

有時候會分不清楚究竟不得不忍耐的是什麼，忍耐著現實，或是忍耐著彼此的忍耐。

「我是阿杰的姊姊。」

姊姊。

我知道她有多麼痛恨這兩個字。然而，她卻一個字一個字清晰的說了出來，這和對我說的不同，對某個陌生的人這麼說的時候，如同一種鞭笞，但是我無能為力，我們都無能為力，只能拚命的忍耐著。忍耐。

「姊姊？我不知道彥杰有姊姊，我以為他只有妹妹。看見他身邊站著那麼可愛的女孩子，還以為他偷偷交了女朋友呢。」

儘管是無心的話語，但從知繪口中所說出的每一個字都狠狠的敲打著她，她卻一動也不動站在原地默默承受著，為什麼要這麼卑微的愛著我呢？明明就是那樣隨心所欲的人，到底是為什麼呢？

「不好意思，我要先送她回去。」

「啊、抱歉我沒注意到，」知繪轉向她，「下次有機會一定要好好認識彥杰的姊姊，很想知道他不為人知的一面呢。那下次見囉。」

拉著她的手肘，她跟著我的步伐絲毫沒有反抗，她的手始終緊緊交握著。停下腳步我用力拉開她的雙手。深深凹陷的痕跡，還有被刺穿的傷口以及血痕。

究竟要花多大的力氣才能造成那樣的傷口呢？

究竟那麼怕痛的她為什麼要站在原地拚命忍耐著呢？

究竟為什麼要讓我和她之間一開始就定下「絕對不能」的規則呢？

「寶寶……」

她沒有看我。不想被看見的時候就避開我的視線。無論是八年前、五年前或是現在，某部分的她始終未曾改變，而我體內的某部分也同樣停滯在遙遠的那個瞬間。

或許這是我和她始終無法跨越的理由。

在那個時空之中，我和她能夠合理的相愛，能夠毫無畏懼的相互凝望，然而眼前的這個世界，所有沾染到愛情氣味的什麼都必須被壓抑被忽視被捨棄或者，被隱藏。

「我去前面的超商買藥。」

「阿杰……」

她拉住我的衣襬，眼淚一滴一滴的落下，那一瞬間，在她用盡所有力氣忍耐之後鬆脫的瞬間，有些什麼突然斷裂了。並不是毫無預警，甚至我和她相當明白終究會有這麼一瞬間。

一切應聲崩解的瞬間。

「我們，」忽然她抬起眼深深望進我的，我無法閃躲，一點辦法也沒有，她的哀傷太過深不見底。「我們、逃走好不好？逃到一個無論你是誰或者我是誰都無所謂的地方……這樣下去，一點辦法也沒有，沒辦法割捨也沒辦法擁有，可是身體裡的潰爛正確實的擴大，在任何地方都可能像剛剛一樣，被哪個人用愉快的語調鞭笞，因為在這個世界裡，我們是姊弟這件事就是個事實，連否認都沒有辦法、一點努力的空間也沒有就被蠻橫的決定了……

「所謂的血緣，就是薄弱到即使相互殘殺也無所謂，卻又濃厚得連忽視都沒有辦法。」她閉起眼輕輕貼靠在我的胸前，緊緊抓住衣襬的手微微顫抖，「到遙遠的哪裡不顧一切的相愛，然後、用力的殺死還停留在過去的那部分自己吧。

「也許會撐不下去也說不定，又也許抓住之後再怎麼樣都不肯鬆手了，但不管什麼事情都存在著風險，待在這裡、繼續維持現狀只會不斷的潰爛而已，除此之外一點辦法也沒有。所以，我們逃走好不好？」

那一瞬間，在她的手因為顫抖而即將鬆落的瞬間，我抓住了她的手。
我們已經沒有回頭的餘地了。

10

只有擁有才能夠捨棄，也許會因為貪心而放不開手但她對我的愛濃烈得讓她不顧一切，同時，也灼燙得能夠焚毀踏進火光之中的兩個人，所以為了保全我，她終究會將我推出這場熊熊大火。

然後，留下她一個人被焚燒殆盡。

我們開始失速。

失速。連帶這些年來拚命停住的部分，瘋狂的，迎接末日一般的，墜落。

寶寶靠著我的肩淺淺睡著，長長的睫毛微微顫動著，她的手緊緊抓住我的。

這些日子她總是這樣握住我的手，那是一種恐懼，比害怕比不安都還要更多的恐懼。

她知道，我也知道，沉沒在模糊灰色泥沼的我們終有一天會被滅頂，並且沒有人能夠預料那天究竟離得多遠或者離得多近，所以即使在睡夢中也無法安心。

因為我們從小就被灌注，不該得到的就不能得到，即使得到也必然會失去。我的體內瀰漫著濃稠的愧疚罪惡以及不安，但那之中卻找不到任何一點後悔，我應該要後悔的，對於這樣的自己我感到相當害怕，害怕自己會帶著她往永遠沒有日光的深淵墜去。

輕輕將她擁進懷裡，我感覺自己正微微顫抖，我的奢望終於被實現。不能被實現卻實現了。

「阿杰？」

「沒事，妳才睡了一下子。」

「但是這樣晚上就睡不著了。」

「妳最近每個晚上都睡不好，多睡一點沒關係。」

「因為只要張開眼就會看見身邊的阿杰，這件事一直很不踏實，所以想確認，可是真正確認了之後卻又捨不得閉上眼睛了。」她輕輕笑著，「一直都不睡覺也沒關係喔，我是認真這麼想的。阿杰，真的在我身邊呢。」

「寶寶……」

「我知道，也許是再過一個月，或許是一星期，甚至只剩下一天，現在的我只是趁虛而入而已，只要阿杰再凝聚多一點的力氣就會又一次往後退了，所以，等到那時候再沉沉睡去就好。」

緊緊抱住她，終於能夠直視之後更加明白她愛得如此卑微，如此驚懼。

「又生病了怎麼辦？我們已經逃出來了，說不定再也回不去了，萬一妳生病了，只剩下我一個人怎麼辦？」

她淡淡的笑了，那是一種泛著疼的幸福感，「握著我的手，醒來之後還是能看見我。「阿杰，我已經回不去了，在逃之前就已經明白這一點，但是你總有一天要回去，不只是形式上或是象徵性的，而是關起通往這邊的門、頭也不回的、實質的回去……能夠擁有這樣的時候我已經很幸福了，所以阿杰，如果有一天、一定會有這樣的一天，我會用盡所有力氣把阿杰推回原先的世界……」

「也許那天不會到，像是世界末日一樣，每個人都在倒數，結果到了那一天卻什麼也沒有改變，就像是我們一樣，沒有改變的以後也不會改變。」

「有些崩壞比世界末日還要可怕呢，有時候我會祈禱末日真的來臨，那麼，我就能任性的、緊緊的抱著阿杰迎接那一瞬間。」

她的笑忽然顯得好遙遠，彷彿飄離的絢麗泡泡，顏色越來越淡離得越來越遠。

「那我們就一起祈禱世界末日吧。」

「嗯，如果有末日的話，那天，我一定會緊緊抱住阿杰。」

她輕輕閉上雙眼，手緊緊握住我的，拍著她的頭我不去想明天，甚至連下一秒鐘都不去考慮，我努力的將擁有她的每一秒鐘都深深刻入骨裡，拚命的。

她到底還是留了轉身的餘地給我。

逃走。儘管這麼下定決心了她卻還是伸長了手保護著我，我跟阿杰要去旅行，用著愉快的語調這麼說著，獨自擋下父親和阿姨的疑問，她微笑著對我搖了搖頭。

「我寧可傷害自己也不希望阿杰受到更多的傷害，因為我讓阿杰受的傷已經夠多了。」她握住我的手，冰涼卻透著溫暖，「阿杰一直拚命想待在界線後面，我知道，是為了保護我，所以如果有懲罰或是天譴存在，那就讓忍耐不住而跨越的我承受吧……我已經讓阿杰的人生扭曲變形了，所以這是我最後能為阿杰做的事了。」

最後。我的意識被微微挑動。

「這不是妳一個人能夠承受的事。」

「所以，我們的逃不能是一種張揚。」她把手貼放在我的胸口上，「暫時離開這裡是必要的，但那只是為了讓我們的內心有一個逃脫的起點，真正無法回頭的逃，是這裡，而不是形式上的遠離。」

她的笑顯得飄忽，這就是阿伸要我帶著她逃離的原因，只有擁有才能夠捨棄，也許會因為貪心而放不開手但她對我的愛濃烈得讓她不顧一切，同時，也灼燙得能夠焚毀踏進火光之中的兩個人，所以為了保全我，她終究會將我推出這場熊熊大火。

然後，留下她一個人被焚燒殆盡。

這是她所預寫的故事，我沒有辦法，無論如何都沒有辦法，目睹這場火祭。

我說過我要保護妳。

「寶寶。」

「嗯？」

「不要，」我的右手輕輕撫上她的臉頰，「不要丟下我一個人。」

她的手貼上我的。

「阿杰，你很勇敢，比誰都還要勇敢。」

「既然妳說要逃，那麼就逃到最後，無論如何都不要放手，絕對不要放手。」

「阿杰……」

「答應我。」

她終究沒有應允我。任何的。

「阿杰，我會把這些年來被封存的愛，和未來所有的愛毫無保留的攤放在你面前，因為不知到世界末日什麼時候會來，所以每一瞬間都要當作末日前一秒鐘。」她輕輕的笑著，「我就是以這樣的方式愛著你。」

「阿杰你看，夕陽好漂亮。」
「嗯。」
「你都在看我，根本沒有看夕陽。」
「我有看。」
「好吧，那我坐在夕陽前面，你兩個一起看。」
但我還是只能看見妳。
坐在窗邊她搖晃著雙腳，用著和十五歲那年一模一樣的笑容溫柔凝望著我，那時候的我不明白那份溫柔，她從來沒有想從我身上得到什麼，儘管是愛，總是說著想要卻始終等著，等著，等著我遞出那份愛。
沒有也沒有關係，因為我並不是為了得到阿杰的愛才愛阿杰，而是一點辦法也沒有就愛上阿杰了。她說。用著很溫柔的嗓音。
「坐在那裡妳就看不見夕陽了。」
「沒關係，雖然夕陽很美，但如果視線只能選擇一個落點，連想都不用一定是阿杰啊。但是我想讓阿杰看見漂亮的夕陽，因為真的很漂亮，也許會因為漂亮而成為阿杰的留戀。」

我站起身緩慢的走向她，凝望她好一陣子最後伸出手將她擁進懷裡，深深呼吸嗅聞到的是她的氣味，苦澀卻香甜的味道。

……人生啊，就像鮮豔的藥粒，無論包裝得多麼甜美甚至裹上糖衣，那之中包含的終究是苦，但是那樣的苦卻是為了治療我們體內某個地方的病痛。像是為了宣告這世界的曖昧不明一樣，沒有絕對的苦也不會有絕對的甜，但是我們沒有選擇，如果不吞下藥粒就無法痊癒，當然不是吞了藥就能復原，但很多時候啊，這是最後的機會了。很多時候，所謂的人生，所謂的世界，是不存在選擇的。

我們之間，從來就沒有選擇。

「我真的，很愛妳。」

「嗯，我知道。」

「那時候我是為了妳才走進保健室的。」

「你沒有說過這件事。」

「我以為這會成為永遠的秘密，但是想讓妳知道，我的人生並沒有因為妳而扭曲，而是從一開始就是我自己試圖走進妳的世界。」我緊緊抱住她，「所以，就算妳沒有伸手拉住，我也已經在裡面了，寶寶，對所有人來說我們的愛情是一個錯誤，不被允許的錯誤，但是我從來沒有後悔，甚至不認為這份愛是一種錯……不要把所有的責任都攬在自己身上，那太過沉重，妳說過的，如果必須被懲罰，那麼，我會像現在這樣抱住妳，用我的全部包覆著妳。」

「阿杰。」她輕輕拍著我的背，「唱生日快樂歌給我聽好不好？」

於是我開始唱歌。

在她耳邊輕輕而反覆的唱著。

「那我可以許願嗎？」

「嗯。」

「那阿杰先閉上眼睛。」

凝望著她以及唇邊淺淺的微笑，緊緊握住她的手終於我緩慢的閉上眼。我感覺到她的貼近，像風一樣輕，溫柔地貼上我的唇，額頭抵著我的，用著無比貼近的距離以安靜的姿態低聲的說話。

「不可以張開眼睛喔。」她說，「也許有一天阿杰會像現在一樣看不見我，但是只要想起這段時光，就能當作只是短暫的閉起雙眼。阿杰，我希望你在看不見我的時候要勇敢的燃起燈，那麼就算站在你面前的不是我，也會是某個人，阿杰不會是孤單的。

「不要張開眼，現在不要。」她的淚水滑過我的頰邊，「給我一段時間就好，不會太長，只要能夠告訴自己，貼靠得太近就看不清楚阿杰了。」

那麼，為了看清阿杰，我就會，往後退了。

11

我們彷彿等著末日一般試圖在那瞬間之前將自己所有的愛全部遞送到對方手上，但那並不是一種轟轟烈烈，如同她如同我，儘管愛得太過濃烈而圍繞著我們的空氣依然輕淡，我們的愛不會讓彼此窒息，勒緊頸項令人難以喘息的是現實。無可奈何的現實。

彷彿流沙一般，我感覺時間逐漸將我吞噬，然而每當我打算鬆手任由自己被吞沒的瞬間，她就會溫柔地握住我的手，帶著微笑緩慢而清晰的說著不行喔，萬一掉下去就爬不起來了呢，日復一日，她始終守著我，卻反向讓自己的身體埋進沙裡。逐漸模糊。

「寶寶最近很開心呢。最近我才稍微想起來，記憶中寶寶最快樂的時候都是有你在的時候，雖然說是弟弟，但其實她很想要一個哥哥也說不定。」父親帶著欣慰的微笑，如同棘刺狠狠扎進我的身體，「不過老實說，那時候寶寶說要跟你去旅行的時候我嚇了一大跳，那孩子不愛出遠門，還說過『離開這裡說不定就會回不來了』這種孩子氣的話。」

「其實——」

「爸在跟阿杰說我的壞話嗎？」

我想她一直聽著父親和我的對話，所以在我開口之前打斷了我的聲音，她看了我一眼，不輕不重卻相當深。

「因為妳挑食得太嚴重，所以只好問問彥杰有沒有什麼方法啊。」

「有些事沒辦法就是沒辦法呢。」她說，「無論怎麼努力都沒有用。」

「真是拿妳沒辦法。」

「阿杰差不多要回去了吧，順便可以送我。」

「今天不留下來嗎？」

「因為不想被逼著吃營養均衡的早餐。」

「那你們路上小心。」

「嗯，那我跟寶寶先回去了。」

阿姨對我點了點頭，父親送我們到門口，我想他很希望我跟寶寶都留下來，然而殷切的期盼和溫厚的笑容讓我幾乎無法面對他們。

所以想說出口，即使得不到諒解也沒有關係，至少不能得到更多他們的溫柔與關愛。

「不說出口才是最沉重的部分呢，雖然一口氣攤開乾脆很多，責難憤怒悲傷什麼的是能夠預料的；但是不行喔，無論如何都不能說出來，因為這是懲罰的一部分，一小部分而已喔。」

懲罰。她說。但她所做的一切都是為了留有讓我放手的餘地，只要還是秘密，就能像五年前那樣假裝什麼也沒有。

寂靜昏暗的小路，她走在我身邊輕輕牽著我的手，望著她的側臉偶爾明亮偶爾陷入陰影，然而嘴角那抹笑的弧度卻始終懸在我心上。

「阿杰，有時候啊，所謂的愛，才是最銳利、最殘忍的刀刃呢。」

知繪打了好幾通電話給我，手機一直擺在包包裡所以沒有發現，只要寶寶待在身邊的時候這些像是電話或是信件必須跟外界連結的存在我總是希望消失。

但知繪似乎沒有放棄的跡象。或許是習慣我總是沒注意到來電，又或許有些什麼急事，最後寶寶將電話遞給我，站起身盯望著到廚房倒水的她，我終於按下通話鍵。

「喂？」

「不好意思這麼晚打電話給你，因為家裡突然有急事所以明天必須請假，我已經跟愷威說過了，但有一份明天要給客戶的文件我帶回家整理了，你的住處離我比較近所以我能不能先把文件交給你？」她停頓了一下但沒有留下足以回拒的空隙，「其實我人已經在附近了，本來想直接放在信箱但又怕……」

「那妳拿過來吧。」

「好，我大概五分鐘就能到。」

「嗯。」

掛斷了電話，屋子裡飄著紅茶的香味，從那天開始寶寶就睡在我的住處，每天早上和我一起出門，送她回自己住處而她目送我去事務所的身影，一起午餐，她等著我下班一起回到這裡。能夠相處的每一秒鐘都不想浪費，現在的我甚至連踏出門這短暫的幾分鐘都不願意。

我們彷彿等著末日一般試圖在那瞬間之前將自己所有的愛全部遞送到對方手上，但那並不是一種轟轟烈烈，如同她如同我，儘管愛得太過濃烈而圍繞著我們的空氣依然輕淡，我們的愛不會讓彼此窒息，勒緊頸項令人難以喘息的是現實。無可奈何的現實。

「阿杰在發呆還是在瞪我啊？」

「沒有。」我走近她，「待會同事會拿資料給我，就在門外而已，不會太久。」

「就算阿杰突然決定遠行我也會等你回來，而且不會抱怨也不會生氣，所以像現在這樣仔細報告是不需要的喔，因為我分辨得出來，阿杰的背影，哪一種是會回來而哪一種不會。」她將溫暖的紅茶放進我的手裡，並且用她的手包覆住我的，「只要阿杰能夠回來就好，但是偶爾，又會希望阿杰能夠永遠不回來，我啊，只要碰上關於阿杰的事情就會左右搖晃呢，晃啊晃的差一點都要以為世界本來就在搖動，但其實，是我自己沒辦法站穩呢。」

「那時候只要抓住我就好。」

「萬一兩個人一起摔倒該怎麼辦呢？大概不會這樣，阿杰說不定會為了讓我站穩而讓自己摔倒，但如果是這樣的話，我絕對不會想著『阿杰已經為了我犧牲自己所以我應該要更努力的站穩』，而是會乾脆的讓自己跌落在地。」她輕輕的笑了出來，「不能讓阿杰一個人摔落在地啊，因為這個世界太過不公平，所以我格外講求公平呢。」

「快喝吧，紅茶會涼掉。」她鬆開手愉悅的凝望著我，「雖然加了糖，但冷掉還是會感到苦澀呢。」

但是門鈴響了。

握在手裡的紅茶即使飄送著香甜的氣味，卻彷彿註定一般，必須以苦澀的形式被吞嚥而下。所以在放下瓷杯的動作中途我又反向拿起一飲而盡。

她斂下眼，收起瓷杯默默起身，留給我走向門外的一段空白。

「抱歉，來得這麼突然。」

「沒關係。」

想接過她緊緊攢在胸前的文件，如同蓄意般她忽略了我的意圖，夜晚的風顯得凍人，微微顫抖同時刻意縮著身子，她太過張揚的想讓我知道她的冷，並且在飄著細雨的此時任憑自己染上水氣。

然而我選擇忽略，倘若憐憫她的冷引她入屋或許會對寶寶造成傷害，儘管她必然笑著說沒關係，但我連萬分之一的可能都不願意碰觸。況且，知繪的感情已經過於明顯，試圖以她認為無害的手段趨近，卻又遮蓋得不夠完全。

「很晚了，文件給我之後妳快點回去吧。」

「嗯……」接過文件之後我想轉身卻被喊住，「彥杰，我……」

忽然我聽見身後傳來門被開啟的聲響，回過頭寶寶已經站在門邊，帶著淺淺的笑容，除了將目光緊緊定格在她身上，我什麼也不能做。

「好像飄雨了呢，阿杰連外套都沒穿。先進來吧，喝點熱茶暖暖身體，不然會感冒喔。」

「謝謝。」

也許打從一開始她就打算讓知繪進屋，才踏進屋子就聞到紅茶的香氣，桌上擺著兩組杯具，即使是一起喝茶她也只會用一個杯子。

這樣跟阿杰喝同一杯多好，而且，如果，真的遇上那種如果的話，有哪個人突然消失了，留在原地的人就閉上雙眼，從一數到十，再次張眼之後就能夠告訴自己，打從一開始就是自己一個人喝著茶。

「紅茶的味道很香呢。」

「嗯，只有曾經進入火裡的東西才能散發濃烈的香氣。」寶寶在我身旁坐下，隔了一個人的空白，斟了茶，遞到知繪和我的面前，「趁熱喝吧，涼了之後所有的香味與韻味都會被苦澀掩蓋掉喔。」

短暫的沉默，我喝著沒有加糖的紅茶，糖罐就在面前但我寧可感受那份微微的苦澀，一個人喝茶的時候儘管甜也到不了心底。

「這是我第一次來彥杰家呢，比我的住處整齊多了，」突然覺得有點不好意思。」

「阿杰的屋子就是太過乾淨了一點，像是隨時離開都無所謂一樣。」她嘴角的淺笑是一貫的弧度，不流露感情、冷淡、疏離，並且遙遠。「所以啊，他的生日禮物我打算買一隻烏龜送他。」

「烏龜？」

「嗯，烏龜，可以活很久很久，所以阿杰就得一直、一直照顧牠了。」

「好特別的禮物，這樣我就不能隨便送了……」

「很晚了，妳明天不是要趕回家嗎？」

「喔，對喔，其實是我爸換燈泡的時候不小心摔下來結果手骨折，要我回去照顧他。」知繪露出孩子氣的笑容，「說急事但又覺得有點好笑。」她放下杯子，「真的很謝謝妳，那我先回去了。」

「讓阿杰送妳回去吧，這麼晚很危險呢。」

「這樣太麻煩彥杰了……」

「沒關係。」寶寶沒有看我，一眼也沒有，「妳都特地來了。」

「彥杰的姊姊不只漂亮還很溫柔呢，你們住在一起嗎？」

「嗯。」

「真好，我也想跟那樣的姊姊住在一起。」

直到送我和知繪出門寶寶都沒有看向我，差一點我就要拒絕送知繪到車站，我感覺到自己的體內有股憤怒拉扯著我，不是對她也不是對知繪而是對自己。

她知道，當然會知道，應該一眼就看穿了，不是今天而是不久之前的初次見面，知繪的感情很輕易就被讀出，所以就算忍著痛楚也還是要我送知繪一程，她還是在拚命努力，即使待在我身邊，或許就是因為待在我身邊，所以更要努力，等著，等著關上門的那一天。

她從來沒有想過要拖住我。

「你怎麼都不說話啊？」

「沒什麼。」

「有時候都會覺得你很冷淡，但有時候又感覺其實這就是你的個性，想著想著，不知不覺就越來越常想起你了呢。」

知繪不擅長隱喻，或許沒有人比寶寶更擅長，一直以來我們就是活在隱喻之下，說出的任何一句話都存在絕對性的意義，不是為了打發時間排解寂寞或者填補沉默而丟出的語言，而是被仔細確認後才說出口。

那不是一種謹慎，而是我們沉浸在彼此的愛之中，所以必須小心剝除語言或者動作中的感情以及對方。隱喻不是習慣而是唯一能夠透露感情的路徑。

所以對於張揚著自己感情的知繪，莫名地我感到煩躁，或許非關於她這個人的本身，我並沒有考慮過她這個人的本身，單單是揚著感情的動作，之中含帶的合理性彷彿不斷的、不斷的諷刺著。

我所冀望擁有的愛情被貼上禁止碰觸的標籤，但我沒有辦法拿任何一份感情作為替代或者試圖填補體內的空缺。**這世界上沒有一份感情能夠被取代，轉身擁抱另一個人只是自欺欺人**。但是我連欺騙自己都做不到。

「我對誰都一樣。」

「就是這樣才會覺得或許自己可以不一樣……」

「車站到了，回去小心一點吧。」

知繪停下腳步望向我，「愷威說你不想碰感情，為什麼呢？」

「這不是妳該問的問題。」

「我……」她像是試探著界線邊緣一般，「我知道我沒有過問的資格，但是如果只是朋友的關心，或是……」

我沒有讓她把話說完，沉默比任何的言語都來得強硬而傷人。

沒有道別也沒有額外的字句我果斷轉身，邁開步伐我想著獨自一人待在屋子裡的她，雨更大了一點卻還是雨絲，我感覺不到冷，體內的憤怒讓我感到灼燙，逐漸加快腳步最後劇烈的奔跑。

她在那裡。我拚命的跑著，拚命的想著，害怕著打開門卻空無一人。

短暫的路途卻漫長得彷彿永遠，猛然拉開門終於看見她的身影，安靜的坐在椅子上，轉過頭來凝望著我。

「冷嗎？」

「不要用這種方式推開我。」

「我說過，我沒有堅強到能夠推開阿杰。」

「所以想讓我推開妳嗎？」

我的淚水忽然掉了下來，這麼多年來我沒有掉過一滴眼淚，不是逞強而是流不出淚，一旦讓淚水從身體裡流出或許也會失去某部分的她，因為害怕這點所以不敢掉淚，到了最後連哭的感覺都忘了。

但是現在，流下的淚水或許是因為積聚在我體內的感情多到我已經無法承受，她只是安靜的凝望著我。太過安靜的。

「我不會，我不會放手。」我一個字一個字清晰的說著，「我不會放開妳。」就讓世界毀滅吧，我不在乎，一點也不在乎。

「放棄整個世界都無所謂，但是我唯獨不能失去妳，不是不想而是不能。」我的目光沒有一個瞬間離開過她，「決定從這個世界逃走的那一刻，我感覺到的不是失去，而是終於，終於我能擁抱妳了。」

她站起身緩慢的走向我，緩慢的，最後停在一步距離之外，刺眼的空白，那是當初我想靠近卻不敢再走近的位置。伸出手，她拭去我的淚水，冰冷的手和溫熱的液體形成強烈對比，想把她拉進懷裡卻怎麼也動彈不得。

「阿杰，這一步的空白，稱之為永遠。」她眼中只有我的倒映，從來就只有我，她安靜的跨過，輕輕靠在我的胸前，「跨過之後，我們就沒有永遠了。」

12

感情是不可逆的，那些擲出的無法收回，而納進心底的也無法剝離，用著局外人的眼光試圖找出客觀事實並大聲疾呼著，至少還風平浪靜所以不要再遠行了快點靠岸吧，然而我們的衣物已經浸滿了鹹膩的海水，那些鹽分滲進肌膚，無論是繼續揚帆或者轉向回頭都會沉沒在汪洋大海之中。

我不該有退路。

並不是為了讓自己得到懲罰也不是為了從沉重的秘密中得到解脫，而是我不想讓她繼續逼迫自己，為了保全我而羅織著一張只會纏住她的網。

我是自私的，甚至比我以為的還要自私，好不容易拉住彼此的手我不打算放開，無論是遭天譴或是被放逐都無所謂，至少這樣能讓我和她更不顧一切的奔逃。

眼前融洽和樂的畫面或許會從此凍結，這是第一次五個人全部出席的晚餐，可能也是最後一次，四方桌坐了五個人說不定本來就無法取得平衡，和我坐在同一邊的她吃得比平時更少，我想她察覺了，她總是能夠輕易看穿我。

「有件事我想告訴你們。」

「說吧。」父親在我對面的椅子坐下，在廚房的阿姨和佳佳也走了過來，接著在父親的兩側坐下，我望向仍舊站在餐桌旁的她，不要，我彷彿聽見她這麼說，「寶寶先過來坐吧。」

終於她走進客廳，她總是坐在右側的單人座，但今天她卻在我身邊坐下。

「我想和寶寶結婚。」

錯愕的表情染上三人，阿姨的臉色逐漸發白，但父親似乎希望這是場玩笑，「你們兩個是想捉弄大家嗎？」

「我很抱歉，也知道這樣會造成所有人的傷害，但這不是玩笑。」

「你知道你在說什麼嗎？」阿姨幾乎是尖叫的喊著，她望向寶寶，「……寶寶？」

「我從來沒有把阿杰當作弟弟，連一個瞬間也沒有，雖然有血緣關係但法律上卻是毫不相干的兩個人，就算是結婚也無所謂吧。」

「但是你們終究是姊弟。」父親痛苦的嗓音重重打在我身上，「是我的錯，在今天之前發生的所有一切都當作是我的錯，寶寶，彥杰，從今天開始，不、從現在開始，把過去都拋開，每個人都重新開始，好嗎？」

「對不起。」

我們不會得到原諒，但唯一我能說的，也只有這句話了。

「爸、媽，還有佳佳，就像爸說的，把過去都拋開，那麼每個人都把阿杰是弟弟這件事捨棄不是更輕鬆嗎？」

「你們有血緣關係是現實，沒有辦法改變的現實。」阿姨的淚水劇烈的流著，混著憤怒混著無力混著不知所措。

「那麼我和阿杰的愛情就不是現實嗎？」

「姊……」

「你怎麼可以，你怎麼可以？」

阿姨忽然起身走到我面前抬起手用力甩向我的左頰，灼熱並帶著麻痺的刺痛感瞬間延燒，然而這或許只是阿姨和父親心中的萬分之一，也僅僅只是我和她忍受的微小疼痛而已。

站在我面前的阿姨幾乎崩潰，父親用力抓住她，我站起身擋去寶寶的視線，無論如何我都不希望她看見父親和阿姨此刻的神情。

但她站起身緊緊握住我的手，彷彿捍衛一般走到我的前方：「為什麼、不行呢？」

忽然間她笑了，那是一種足以讓人心碎的弧度，透明的水珠伴著笑緩慢滑落，悽楚而堅決。

這間屋子裡的五個人，沒有一個人背負的重量比她還沉重，沒有一個人傷得比她更重。

一邊是與她緊緊相繫的家人，而另一邊是我。

不管是我或是父親和阿姨，不管做出什麼樣的選擇，她都會被撕裂。體無完膚。

這場親情愛情的拉扯，她永遠是傷者。

「到底為什麼不可以呢？我和阿杰只是像一般人一樣相愛，最大的願望也只有能夠愛著對方而已，但是那麼簡單的盼望卻成為一種不可饒恕的罪……到底為什麼我們非得承受這些不可呢？」她的聲音很輕很慢，卻深深嵌進每個人的心底，「有多少人會看著自己愛的人想著『這個人會不會是我的弟弟呢？』……被你們用莫名其妙的血緣拆散但我們仍舊努力不恨你們，甚至為了不恨你們而開始痛恨起自己，你們憑什麼憤怒呢？」

「寶寶……」

「你們不知道這些吧，我想你們也不會知道，過去這五年來我和阿杰為了保全這個家承受多少痛苦，在他成為我的弟弟之前我們就已經愛著對方了，為了你們，阿杰為了和自己一點感情都沒有的你們拚命推開我，逃到加拿大，就為了逃開我、逃開我們的愛情……

「媽，如果覺得憤怒的話就狠狠打我吧，這五年來阿杰拚命的推開我，但是我，即使拚命忍耐也還是沒有辦法，拉住他的人是我，不顧一切破壞這個家的人也是我。」她伸出手拭去阿姨臉上的淚，但才剛擦去卻又染上新的痕跡，「我和阿杰不想傷害任何人，但是代價卻是必須不斷的傷害對方，我已經沒有辦法，沒有辦法忍受自己這樣傷害阿杰了。」

她緊緊抓住我的手，她總是睡不安穩。

揉開她皺起的眉輕輕拍著她的背，靠著她的額頭我緩慢的閉上眼，父親的無奈神情和阿姨的蒼白在我腦中揮之不去。也許人生裡有某些事無論多麼努力都找不到平衡，越是不想造成傷害越是容易造成傷害，過去我們以為的安穩事實上只是膠著在泥沼之中動彈不得的僵局，但那勢必得打破。

那天之後我和在場的三個人都見過面，沒有衝突連預期的憤怒也找不到蹤影，然而每個人身上沾染的無奈卻更加沉重。

因為兩邊都是愛。

第一個來的人是佳佳。

下午走進事務所知繪就告知我佳佳在辦公室裡等著，推開門對看了一眼之後是長長的沉默。她還穿著套裝，我猜想她是特地請假過來，桌旁擺的咖啡沒有動過的跡象。

「其實我沒有特別訝異。」佳佳的說話方式和寶寶截然不同，沒有枝節也沒有字面下的意思，乾淨俐落。「之前提過，姊曾經為了某個人生病住院，我以為只要姊不要見到他就不會挑起回憶，但其實我從來沒有了解過她，現在想起來，如果只是普通的感情姊一定會斷得乾乾淨淨不然就絕對不會放手。在你坦白之後我終於明白這一點，所以稍微能夠猜想你們承受的痛苦。」

「姊住院的時候，我一直在想，比以前都還要認真的想，為什麼我總是沒辦法親近她？後來長大了、出社會了才了解那種明明就快要溺斃卻發不出聲音的感受，說不定姊一直處在這樣的狀態。」佳佳緩而長的吸了一口氣，「說不定能夠聽見姊的聲音的人只有你一個而已，所以我不會阻止你們，拋棄血緣之後其實我們就是陌生人，這對你們不公平，但就算是這樣，我還是要說，血緣終究是沒辦法拋棄的。」

接著佳佳離開了，桌上的咖啡涼了香味也淡卻了，我沒有望向她離去的方向而是盯著那張空白的椅子，我沒有對佳佳說，我和寶寶都明白迎接我們的是末日，但是我們寧可，自己往末日走去。

接著父親在某天的深夜來了。

「不要吵醒寶寶，我們單獨說話吧。」

坐在門外的階梯上，父親燃起了我從未見過他抽的菸，從屋子透出的微光映照在他的臉龐，彷彿蒼老了十歲或者更多，我斂下眼盯望著漆黑的地面。

「這幾天我想了很多，其實這一切都是我鑄成的錯，讓你們來還是不公平的，但是也不能因為這樣就接受這件事。我這麼說很自私，但是人生裡確實有很多不公平以及無奈，雖然常對別人說努力就能改變現狀，但其實我明白，很多時候就算把自己都拚掉了也改變不了什麼。」

父親嘆了一口氣，菸的氣味和若有似無的煙霧繞在周圍，我和父親的關係也像是永遠無法散去的霧氣，環繞著、但即使伸手碰觸也確實碰著了卻沒有具切的真實感。

「彥杰，對不起。」

「其實我已經分不清對的是什麼而錯的又是什麼了。」我望著自己的掌心，在微光之中到底有多少畫面是來自於記憶和想像或許沒有人能真正辨別，「就像我已經不知道，到底離開寶寶對她比較好，或是待在她身邊對她比較好。」

「時間，能沖淡很多感情。」

「但是我和她之間到底必須耗費多少個五年呢？」痛苦的閉上眼，「我不知道，不久之前我也以為自己能承受，也告訴自己或許只是時間不夠，但是我開始害怕，會不會有一天突然發現，有些事永遠都不會改變……」

「彥杰，我不想失去寶寶也不想失去你。」父親又重重的嘆了一口氣，「但是，你們終究是姊弟，這就是現實。」

那一夜父親走了之後我獨自坐在原地直到天亮，回到房間才發現寶寶醒著，她抱著我試著將溫度傳遞給我，沒有探問也沒有任何安慰。

「阿杰我還是好睏。」

「再睡一會兒吧，今天是假日沒有關係。」

「如果不是假日阿杰也會請假吧。」依偎在我懷裡她輕輕笑著，「阿杰總是說沒關係呢。」

阿姨出現在我面前時我感到有些詫異，怔忡了許久，最後替她倒了杯水，安靜的在對面落座。即便佳佳和父親都來過了，但阿姨的來訪卻不在我的意料之內。

她的神情平靜許多，卻依然透著蒼白，她的視線不在我身上，也沒有問起寶寶，我想起不久前帶著寶寶出門的亞美，她不該知道我的住處也不該知道寶寶在這裡。

「請你，離開寶寶吧。」她的聲音有些沙啞，「在還能挽回之前。」

但能挽回的究竟是什麼？

感情是不可逆的，那些擲出的無法收回，而納進心底的也無法剝離，用著局外人的眼光試圖找出客觀事實並大聲疾呼著，至少還風平浪靜所以不要再遠行了快點靠岸吧，然而我們的衣物已經浸滿了鹹膩的海水，那些鹽分滲進肌膚，無論是繼續揚帆或者轉向回頭都會沉沒在汪洋大海之中。

歸來，或者歸去，我們無處能歸。

「對不起。」

「彥杰，你們往後的人生還很長，或許現在你們很相愛，認為能夠為了對方拋棄所有的一切，但是感情是會被消磨的，被生活、被現實、被你爸、被我，甚至被你們自己。我知道這很難，我也談過感情，但是明知道會後悔的事情就應該在後悔之前放手。

「你和寶寶都還年輕，所以會覺得愛情在你們生命裡佔有很大的範圍，但是愛情不是人生的全部，尤其隨著年紀增長愛情的份量會越來越輕。」

阿姨停頓了好一陣子，但她的話還沒說完，所以我等著，安靜的等著。

「一下子沒辦法全部割捨也沒關係，至少你們先分開，稍微冷靜下來之後那時候再仔細思考，說不定會更清楚，也更能明白現實。之前的一切阿姨不會怪你也不會怪寶寶，只要重新開始就好，我沒有要斷了你和寶寶關係的意思，但不要是愛情，不管是親情或是友情都很好，但不能、不能是愛情……」

阿姨話語的尾音飄散在空氣之中，她始終繃緊著身體，我很愧疚，被牽扯進來的每一個人都努力排泄憤怒，並且用著各種方法試圖將一切移回原位；然而一個人與另一個人交錯的努力，疊合交雜纏繞最後更加不可解。

每個人都是無辜的。

但是每個人都受傷了。

「阿姨，妳說的每一個字我都明白，這五年來我用著比這些更多的理由要自己後退，我比任何人都還要清楚，我不能抓住。」她抬起眼望向我，「但是，就是在這樣的深切明白之中，我還是往前了。我跟寶寶之間有的不只是愛，更深也更無法割捨的，是需要。」

「但是你們永遠不會被允許……」

「對不起。」

□

「像這樣坐在窗邊吹著風，靠在阿杰身邊甚至不用回頭就能確認，像是夢，像是，打從一開始我們就是這樣平凡而安靜的相愛。像阿杰一樣，是一種很溫柔的愛情。」

握住她的手我輕輕擁抱著她。

「我知道，阿杰是為了不讓我繼續想辦法把你推回原先的世界，所以才乾脆把那個世界攪得亂七八糟。」她踢著腳，身體微微晃動，屬於她的味道也輕輕流動，「沒關係。阿杰會這麼說吧，我啊，以後的專長大概可以加上『把阿杰的生活攪亂』，但這好像不是能夠得意的事情呢。」

「沒關係。」

「你看，阿杰果然說了沒關係。」她愉快的笑著，「那我可以吃冰淇淋嗎？」

「不可以。」

「這時候才應該說沒關係吧。」

「這種時候我不會說。」

「固執鬼。」突然她站起身面對我，揚著純淨透明的微笑，連眼角都透著笑意，緩慢傾身向前輕吻著我的額際。「那這樣可以吃冰淇淋了嗎？」

「不可以。」

「果然對著流星許願一點用也沒有，跟你說喔，昨天晚上醒來的時候看見流星了，那時候我很快許了一個願望，嗯、就是要讓阿杰答應陪我吃冰，很誠心也很用力的許願，但是一點用也沒有。」

「許別的願望說不定就會實現了。」

「那假裝現在有流星，我們來許願吧。」

「我唯一的願望已經實現了。」

「阿杰真是不貪心。」伸出手她輕撫著我的眼角，「但我總是在許願呢。」

「那我，再許一個願吧。」

「嗯？」

深深凝望著她，「永遠不要離開我。」

但是，這一瞬間沒有流星也沒有人唱生日快樂歌。

13 寶寶・所謂愛

阿杰宣告了我們的愛情，不在預想之中卻也不在意料之外，無論是蓄意或者無心，他的世界總會因為我而一片混亂。聽著他的聲音，那時候，縱使坐在身旁卻彷彿隔著一層厚厚的凝膠，模糊不清。

這些日子以來一個人又一個人抱著所謂的愛試圖放置在阿杰的肩上，爸是這樣、媽也是，或許是對阿杰的愛又或許是對我的；阿杰的肩微微傾斜，我想他沒有發現，現在還沒有，但不用太久他終究會失去平衡。

像我一樣。

我的平衡感一點也不好，無論是物理性或者精神性，或許因為如此而更加敏銳感受到細微的傾斜與晃動，阿杰很努力，一直很努力，並不是為了站穩而是為了支持著我。

然而正是他這份試圖而讓我更加傾斜。

阿杰存在的本身就是我失衡的原因。

我不會告訴阿杰這一點，永遠都不會，這不是站上平衡木那麼簡單的事，而是無論站在哪一點都找不到平衡點。我們的愛情，打從一開始就不存在著那一點。

所以我寧可視之為註定。

註定。

如果是這樣，那麼就不需要拚命掙扎了。

「阿杰笑起來的時候啊，總感覺有點哀傷呢。」

「哀傷？」

「嗯，哀傷。」我輕輕撫著他的唇角，「因為太過溫柔所以讓人感到哀傷，阿杰啊，實在是太過溫柔了呢，這樣，也算是一種壞習慣。」

「也只有妳會說我溫柔而已。」

「這句話本身就是毒藥呢。」

我凝望著他的雙眼，以及之中我的倒映，放下手的弧度之中他握住了我的手，阿杰很害怕吧，抓住的同時也帶來失去的可能。但正是因為無法失去才不顧一切抓住對方的手啊，這世界真是殘忍而無情呢。
之中最最殘忍的是愛以及，擁有。
「這樣一點一點的啜飲著毒液，先是會上癮，接著會慢慢死去喔。」我扯開愉悅的弧度，「所以在毒發身亡之前，阿杰陪我去吃冰淇淋吧。」
「不行。」
「這種時候阿杰總是不讓步呢。」
「妳根本不喜歡冰淇淋。」
「嗯，不喜歡。」遮起右眼我只有左眼注視著阿杰，「但是很多時候，去做某件事並不是為了那件事而是為了動作本身，就像，我對阿杰的、愛，不是為了得到幸福快樂，只是想愛著阿杰而已。」

□

爸打了電話給我，於是我走進這間有著兩站距離遠的咖啡店，沒有鈴鐺撞擊的聲音但不需要，爸的目光一直盯望著這扇門。

這裡是我選的。有時候會和某個友人坐在這裡消磨體內的寂寞。沒有真正遠離卻又不那麼近，也許，能讓爸有多一點氧氣。

「我見過彥杰了。」

服務生將冒著熱氣的伯爵紅茶擺放在我面前，用雙手握著杯身，我望著比記憶中蒼老許多的爸，這種時候，懷抱越多的愛得到的傷害越多。我知道爸很愛我，我想我也是，但兩個人之間彷彿被什麼隔著，即使知道對面有署名自己的愛，卻怎麼也拿不到。

我想那層阻隔以我為中心牢密地包覆著我，無論是爸無論是媽無論是佳佳或是亞美阿伸任何人，都只能圍著那道阻隔望著我。

但是阿杰卻毫無阻礙的走了進來。

我不懂，過去不懂，現在不懂，大概以後也不會懂，像是一個陳述性的事實，他就是這樣走過來了，於是我的世界不僅僅有我，還有阿杰。

我終於不再寂寞，卻也因此更加明白寂寞。

「寶寶，我想說的妳應該都知道，但我能說的也只有這些了，就算對你們而言多麼不公平，但是……」

「但是有些事誰也無能為力。」

我接著爸的延伸，他凝望著我的雙眼裡瀰漫著哀傷，爸很自責，但其實沒有必要，因為這是註定。

「無論是血緣或是我和阿杰的愛情，爸的無能為力和我的無能為力重合之後就無解了，除了徹底破壞剪斷所有纏成死結的線之外沒有其他辦法，這裡不存在著兩全其美的方法，也不是兩方各退後幾步的問題。」

溫暖的瓷杯逐漸灼燙，但我沒有鬆手的打算。

「爸還記得我生病的事嗎？這已經不是忍著痛割除接著等著癒合的程度，也不是想或者不想的問題，而是我的精神性沒辦法承受，但我不是要說『因為我會崩潰所以你們放棄吧』這種話……我會把人生還給阿杰，短時間之內可能沒有辦法，但是終究，阿杰和所有人都必須回到原位。」

「寶寶……」

「這些話，千萬不要對阿杰說喔，並不是得意但阿杰只要遇到我的事就會義無反顧，但就是這樣的阿杰我才不能自私的拉著他一起往下沉。」

不是幸福快樂與否這麼簡單的問題，我也曾經想過，和阿杰逃到遠方或許就能平凡的相愛；但是沒有辦法，我的精神上存在著極大的空缺，在沒有阿杰的這五年裡已經擴散到了無法彌補的地步，那個空洞不僅僅會吞噬我，連帶的阿杰也會被吞沒。

「這不是妳一個人能夠承受的事……」

「阿杰也說過一樣的話，但我沒有想承受什麼的意思。」我扯開淺而淡的微笑，「而是，那裡只剩下一條路了。」

過了轉角就看見女孩站在門口，也許是想練習從容，卻沒有意料到本該在門內的人卻從遠方走來。我放慢腳步，但她終究沒有發現我，最後也只能假裝沒看見她的困窘。

「阿杰不在家喔。」

「我、我知道。」應該要意外的，我卻不感到一絲訝異，「其實，我是想找妳，那個，我該叫姊姊還是……？」

「先進去吧。」

領著她走進屋內，才一踏進就嗅聞到屬於阿杰的濃郁氣味，沒有辦法說明，或許大多數人甚至不會發覺，但阿杰的存在對我而言從來無法被忽略。

「坐吧，我去泡茶。」

「不用了，彥杰可能快下班了，我不想被他遇見。」

「那、妳想對我說什麼呢？」

「我……我知道這樣很不禮貌，但是，妳真的是彥杰的姊姊嗎？」她的手緊張的絞動著衣襬，「因為感覺彥杰看妳的樣子不像，當然這不是理由，前幾天我看見他親了妳的臉頰，我不是故意偷看但是……」

「我是不是阿杰的姊姊有什麼差別呢？」

像是被踩中尾巴的可憐小貓，她想說些什麼卻又找不到適當的話語，我很明白呢，即使胸口被感情擠壓到喘不過氣卻還是不能發出聲音，因為沒有資格。

「如果是姊姊那麼住在一起沒有關係，親吻也能當作親暱的表現，但阿杰並不是那種熱情的人；如果不是姊姊那麼既然住在一起又能輕鬆的親吻，但這樣為什麼要說是姊姊……無論是前者或者後者都存在著疑問跟矛盾呢，那麼，妳希望我的回答是哪一個？」

「我、我不知道……」

「如果想要對方的愛，就必須明確而清楚的給出答案。」她彷彿沒預料會被看穿而顯得驚惶，「猶豫不決無法選擇或是，模糊不清就胡亂給出回答，都會是一種傷害。」

「我……我很喜歡彥杰。」她低下頭，聲音顯得微弱，「但是卻沒有辦法接近他，雖然表面上很融洽，可是卻感覺很疏離，像是不願意讓任何人靠近一樣……也不是任何人，愷威和他的感情就很好，我不知道，也許是愛情，他像是不想碰觸任何愛情一樣……」

「也許還需要一段時間。」

站起身走向窗邊，我不想看著那女孩，或許並不是她，而是任何一個能夠合理愛著阿杰、合理要求著他的愛的女孩我都沒辦法注視。

「我不想阻止妳也沒有鼓勵妳的意思，只是妳想知道的，我能告訴妳某部分的陳述性事實，阿杰需要時間，也許是很長的一段時間；但終究，阿杰會回到起初的位置，重新回到他曾經被混亂的，人生。」

我回過身。

「阿杰快回來了，妳該回去了，如果不想碰見的話。」

替她開了門，她低著頭踏出屋子，卻在我闔上門之前抬起頭望進我的雙眼：「妳、妳和彥杰……」

人總是在乎關係，彷彿有了關係就能作為某種解釋，例如可以或者不可以，例如應該或者不應該，逐漸的我們被一層又一層的關係纏住，卻又藉由稱之為關係的絲線控制住另一個人，重複著、重複著，直到有一天突然發現自己動彈不得，但這樣的事實卻沒有辦法讓自己鬆開手中抓握的線。

想著，我已經動彈不得了，如果再鬆開手的話就什麼也沒有了。

這樣的人永遠都不會得到自由也不會明白，讓對方得到自由的同時，我們才有鬆綁的可能。

我輕輕的笑了。

「他是我弟弟，有血緣關係的那種，如果這是妳想得到的答案。」

最後我闔上門，關起連結另一個世界的門，等著，阿杰回來。

□

「阿杰畫的這些圖我都看不懂。」

「那妳想懂嗎？」

「不想。都是直線和直線，也只有阿杰忍受得了。」阿杰笑了，「但是我會畫烏龜。」

離阿杰的生日還有一段時間，但我還是買了烏龜養在阿杰的房間裡，怕烏龜孤單所以不想讓牠孤零零待在狹小的水族箱，可是買了兩隻說不定會讓阿杰感到寂寞，最後買了三隻烏龜，註定有一個人落單卻又無法輕易分辨孤獨的是誰，如果三隻烏龜手牽手愉快的圍在一起，那阿杰說不定會感到安慰，即使是單數也能圍成圓圈。

「阿杰要幫烏龜取名字嗎？雖然像現在這樣叫一號二號三號也算是名字，但只有編號就不像寵物了。」

「我不擅長取名字。」

「只要阿杰喜歡的就好啊，例如羅夏克、勒沙特烈、康帕內拉、馬里內諦、達朗伯特……不要，達朗伯特不好，太可憐了一點，菲涅耳感覺適合一點，很符合阿杰跟烏龜的關係，尤其是動作很慢這一點……」

阿杰認真聽著我說話，即使是無關緊要的話語他仍舊給予全心貫注，但是人太過專注有時候是相當危險的一件事呢。默默流逝的什麼，回過神來已經來不及挽回了。

「阿杰覺得哪個名字好呢？」

列舉的名字沒有一個被採用，補上通俗的法西斯、馬克思甚至連阿米巴都說了，阿杰帶著笑溫柔的否決。最後烏龜一號二號三號被取名為海德格、漢娜和萊維納斯，也許阿杰也學會了極度的隱喻法。

「三隻都是公烏龜，二號叫做漢娜會被取笑。」

「改成漢納吧。」阿杰寫上了「納」，我嘟起嘴，他摸摸我的頭，「要喝紅茶嗎？」

「我要加五湯匙的糖。」

「這樣就變糖水了。」

「我知道。」凝望著阿杰，**「任何的存在都有邊界，但是沒有到達和超出範圍本質上是絕對不同的，那是能夠彌補和不能夠被彌補的絕對性差**異。」

阿杰斂下眼轉身走向廚房，視線跟隨著他的背影，沒有聲音，很長一段時間懸著沉默，不是安靜而是沉默，紅茶的香氣飄散開來，緩慢走向他身後輕輕擁抱住他。

「阿杰，我們之間的隱喻只是一種虛張聲勢，從來就不真正需要，所以你明白，也許打從一開始就明白了，跟道德跟血緣跟未來甚至跟愛或者不愛一點關係也沒有，而是我，和你，之間，不存在著平衡點。」

他充滿熱度的手握住我的，他的掌心與我的手背，溫熱與冰涼。唯有存在另一個人，才能感受到自己。

「我知道。」我的身體不自覺的顫動，「所以我已經做好和妳一起走向末日的準備了。」

瞬間。儘管一直以來都明白，然而那一瞬間，阿杰的尾音還沒飄散，我就已經明白，他，已經，踩在懸崖邊緣。

不是等著墜落，而是準備一躍而下。

但是，我希望他好好活著。

□

末日到來之前我們還能夠相愛。

和阿杰手牽手走在河堤上，有草的味道和河的味道，橘紅色的夕陽把阿杰染成濃豔的風景，或許我眼中的阿杰始終是失真的。

真實是什麼已經不重要了。

「這樣一直走一直走會到哪裡呢？」

「海。往這個方向走會通往海的方向。」

「阿杰還記得嗎？」

「嗯。」

——我下次會再陪妳去海邊。

我一直想著，只要這個承諾不被完成，未被實現的諾言就會永遠佔著他胸口的缺，那麼他終究會惦記著我；只存在我體內那對應的鑰匙，只要我不打開鎖就沒人能夠清除那份空缺。

但是，不把鎖打開連我也進不入那份空缺，儘管相互貼靠卻無法填補，那麼阿杰勢必一輩子帶著空缺行走著。我以為沒有關係，在遇見阿杰之前我一直是這麼走著，但我終於明白，空缺的周圍會逐漸塌陷，也許緩慢但那是一種必然，一小片一小片剝離崩解，總有一天體內的所有什麼都會掉入那個大洞，最後空蕩無物。

沒辦法被填補，但身旁的人依然會拚命傾倒，把自己所擁有的一切都往洞裡倒，相信著那不會是無底的黑洞，反覆的反覆的，最後，那個空洞也吞噬了他。

有些人會逃走，但那不會是阿杰。

「那我們一起去海邊吧，找一個清朗的、風不大、也沒有太陽的日子。」

「這種限定條件一年大概沒幾天吧。」

「因為不能是太普遍的日子，這樣會太過頻繁的被回憶。」

「寶寶……」

「阿杰，不管要等多久，終究會等到那樣的日子的。」

14

想念，就算只是想念，也會逸散到空氣裡，往對方在的方向飄去，總有一天會成為對方的呼吸，那麼好不容易才鬆開的手又會不小心抬起想抓住了。

踏在沙灘上她像個孩子愉悅的笑著，清朗的、沒有劇烈陽光的午後，赤腳踩著沙傳來一陣溫熱，柔軟的沙吸收了所有震動與回音，剩下風和海的聲音。

「今天的海傳來的是溫柔的聲音呢。」

「大概因為是很好的天氣吧。」

「其實我不喜歡海。」

「我知道。」

「但我總是想來海邊，不是看海，而是為了聲音和味道。」她閉起眼，仔細聽著浪潮的來來回回，認真嗅聞著帶有鹹味的海風。「那之中，留有屬於阿杰的記憶。」

十五歲的我們在太陽不那麼熾烈的午後總是騎著腳踏車來到這個海邊，我喜歡海但她不喜歡，儘管如此她卻絲毫不在意，因為是阿杰喜歡的事物所以即使不喜歡也沒辦法討厭，她脫了鞋踏著沙，拉著我的手緩慢的往前走。停在海的前方，腳底下是濕潤而柔軟的沙。

——滲入水的沙就會黏上皮膚，我一直很難理解這件事，明明是可以輕易拍掉的沙和能夠沖洗掉沙的海水，後來我終於明白，海水和沙粒之間存在著上和下兩個邊界，水分不夠多的時候沙會落下，水分太多的時候沙也會落下，愛也是一樣呢，但只有自己知道那兩個端點，不、很多人也要等到那瞬間才會發現「原來刻度在這裡啊」。

除了稚嫩的外表之外她絲毫不像十五歲的女孩，太過細膩也太過早熟，這樣的她成為我年少的依靠，她總是以溫柔的微笑全然接受我，連我所厭惡的那部分自己也溫柔地擁抱著。

我時常想，如果我的生命沒有她的出現，孤獨成長著的我或許會被憤怒或者恨意侵蝕，是她牽著我的手不讓我摔落。

凝望著她，距離一個跨步那麼近卻又顯得遙遠的她，閉著雙眼彷彿正在回憶，又彷彿正在記憶。

有一瞬間我幾乎害怕她會這麼風化消失。

「這樣吹風會感冒。」

她張開眼，幾乎飄離的靈魂好不容易落地，安靜而溫柔的望著我，我想她看穿了我的恐懼，於是她緩慢的移動，走進我的懷裡以不輕不重的方式貼靠著。

「這樣，就不怕冷了。」

「嗯。」

「阿杰送我的貝殼我一直留著，放在盒子裡，搬家的時候也帶著，但是我從來沒有拿出來看，可能在搬運的過程中已經摔碎也說不定，雖然想確認卻總是卻步。我啊，在伸手要開盒子的動作之前，會突然，很不愉快的那種突然，意識被猛烈敲打，到底我是想確認貝殼安好還是想確認已經破碎了呢？」

逐漸增強的海風拍打著我的臉，更用力的抱住她，將整張臉埋進她的髮中，如果，如果時間能在這一瞬間永遠凍結。

「阿杰，我大概，永遠都得不到答案吧。」

「我們再撿新的貝殼就好，那就不需要確認了。」我發現自己的聲音微微顫抖著，「妳說過的，得不到答案的問題就乾脆不要去想，不然人生就會只看見問號了。」

「我說過的話阿杰都記得呢。」

「我記得，牢牢記得，妳說過會待在我身邊。」

「但是阿杰，今天是我們的末日呢。」

她說。用著很溫柔的嗓音。輕輕的，說著。

緩慢地離開我的擁抱，退後一步、兩步、三步，我整個身體都在顫抖，不是冷，而是害怕。

她知道，卻忍著沒有伸出手，溫柔卻殘忍的扯開嘴角。

「阿杰很勇敢的。」

「我不想當一個勇敢的人，我不想……」

我不想在沒有妳的世界獨自堅強。

「但是我的這裡，」她抬起右手貼放在自己的左胸口，「已經，沒辦法負荷了。」

她的長髮隨著海風揚起，她笑著，用著所有力氣撐著那樣的笑。我卻看見那笑裡泛起的疼。

「所謂的末日呢，不是引起什麼實質毀壞，而是從深層的內部崩解塌裂，其實不是我們的末日，而是我的。我很清楚的感覺到，雖然長久以來對於太過敏銳的察覺感到很厭惡，但是現在卻很慶幸，想著，那些痛苦原來是預付的代價，神對我也沒那麼壞呢。

「阿杰，這個瞬間的我正踩在那道界線上，真是莫名其妙我們之間怎麼存在著那麼多的界線，但這是最後的一道了……一旦越界了，我們就會一起掉進深不見底的深淵了。」

我們的愛，我們太過濃烈的愛，以及不安，對失去太過強烈的不安，會逐漸吞噬我們，除此之外，她反覆說著我卻刻意忽視的，是她精神性上的空缺與晃動。

這些日子以來她一直在拚命努力，小心翼翼的踩著步伐，對於擁抱的力度也仔細斟酌，一切的一切連最微小的細節都不能忽略，也許就是從細瑣的某一點。為了保全我，她每一分每一秒都壓迫著自己。

「那就一起跳下去，我不在乎。」

「但是我在乎呢。」她的淚水在掉落地面之前便被海風帶走，「無論如何都不能讓你摔落。」

她拉起我的手，兩人之間的距離沒有被縮減，而是伸長了手。

「阿杰，結束是一種必然，但我終究太過自私，我依然希望能在你心底留下一個刻骨銘心的終點。」她說，「舉行一場告別式吧，跟我們的愛，告別。」

告別。告。別。

於是我們唱起生日快樂歌，一遍又一遍的唱著。

但是沒有人許願。

因為那些願望永遠不會被實現。

□

接著冬天來了。

我過著一樣的生活，工作以及孤單，儘管維持著相同的步調，非常努力的維持，那些已然改變的卻才是無法改變的事實。

海德格、漢納和萊維納斯安靜的在水族箱裡吃著菜葉，偶爾攀爬上另一隻烏龜的背，但始終是安靜的。我時常沖泡紅茶呼吸著那樣的香氣，卻總是忘了喝，等到涼了，想起那份苦澀像是為了記起來一樣吞嚥而下。

屬於她的味道始終揮之不去。

父親來過一次，我以為會在臉上看見鬆一口氣的表情，但我迎上的卻是比起初更加不可忽視的擔憂。對我的。

「最近還好嗎？」
「嗯，沒什麼改變。」
「不要太勉強自己，如果沒辦法把我當作爸爸，那就把我當作普通的長輩，如果需要什麼，我會在你身邊。」
「謝謝。」我不想記住父親此時的神情，「我很好。」
「再過一段時間，冬天就會過去了。」
「嗯。」
「到時候一切都會好轉的。」
父親也許還說了什麼，但我記不得了，我的視線繞著整間屋子，沒有任何一點她的痕跡，除了擺放在窗邊的水族箱和烏龜，或許是為了讓我不遺忘牠們。烏龜可以活很久，那阿杰就要一直照顧牠們了。所以才要我替烏龜取名字吧。
然而這一切一點也不真實。
偶爾會以為推開門就能看見她的身影，或是午休時間以為聽見電話鈴聲響起，一再落空之後，才不得不正視蔓延開來的失去。

但也許我永遠無法感受到真正的失去，她只是往後退而已，這樣的念頭越來越頻繁的出現，甚至有稀薄的安心滲進呼吸；也許只要變得更加堅強，能夠不被任何人看穿的偽裝，姊姊，等到能夠流暢說出口的那一天，就能再次走近她。只要堅強到能夠待在她的身旁就好。

「這個冬天真的是冷到莫名其妙。」

「謝謝。」

愷威遞給我一杯熱燙的咖啡，在我身旁坐下，必須完成的工作還很多，但他似乎不在意。

「你要暫時休假幾天嗎？放空、旅行什麼都好。」他朝我笑了笑，「當然是有代價的，我會熬夜趕工補足你的工作量，但作為交換我也要放幾天假。」

愷威的體貼並不張揚，這些日子知繪總是探問著我是不是太過疲倦，在我察覺之前或許所有人都先感覺到了。

但是我現在最無法負荷的不是忙碌而是空閒。有太多空隙會被記憶竄入。

「那你先休假吧，我暫時還不需要。」

「不然回家睡個覺也好，例如一口氣睡上二十四個小時，你都不知道我有多可憐，知繪成天在我耳邊碎碎唸，說我苛待你，明明你就是合夥人被說得我好像是你的壞心老闆一樣，有損我清新的形象啊。」

「我現在需要忙碌。」

不想在愷威面前做過度的偽裝，他不會追問，他理解的點了頭，「但你整個人瘦了一圈，這不能繼續下去。」

「那接下來我每餐都吃兩倍的份量吧。」

「也不要吃太多，你沒忘吧，你可是我們事務所的秘密武器，如果遇上難搞的女客戶就拿出你的男色，所以維持你的帥氣這也是工作的一部分。」

「嗯。」

「還有啊，我們公司沒有諮商師的編制，不過我可以假裝一下，要我穿上白袍也可以。」

「謝謝。」啜飲了一口對我而言太濃的咖啡，那是和茶不一樣的苦味，「我只是，還沒習慣……這個世界。」

「這個世界？」

「她說的。」她。我深深吸了一口氣。「我必須重新回來的世界。」

已經不再有她的世界。

□

我站在窗邊吹著凍人的風，夜已經相當深了我卻沒有任何睏倦，反而越來越清醒。

望著遠方的光亮，那不是星光，我已經很久沒有看見星星了，下弦月被雲遮蓋住勉強透出微光，也許大多數的人不會注意到那道太過微弱的光芒，然而那反而是種溫柔，某些時候的我們沒有辦法承受過於燦爛的風景。

堅強。我想著。不是為了讓某個人知道「我可以」，而是要說服自己「我很好、真的沒有關係」，即使是一個人陷入如此深的夜裡也沒有關係。

但那不過是謊言。

閉起眼冷風撲打在我的臉上身上，我的身體我的手顯得僵硬，這樣能夠讓我稍微從體內的情緒，疼痛無奈憤怒無能為力以及思念中解脫。

接著電話鈴聲響了。

不是手機的鈴聲，而是室內電話，我感到有些陌生，花了一段時間才明白那不是幻覺。

電話安靜卻堅持的響著，彷彿知道另一端的我還清醒著，響著，我沒有關起窗，移動的步伐有些僵硬，停在電話前我又聽了好一陣子，最後終於接起。

「喂？」

「吵醒你了嗎？」

即使雙手已經凍僵我卻依然能感受到自己的顫抖，我知道是她，電話響起的方式能清楚的感覺到另一端是她，然而我不敢想像，也不敢想起她。

「沒有。」

「是很冷的晚上呢，今天。」

「嗯。」

「烏龜還好嗎？」

「牠們很好。」

「我聽見風的聲音呢，雖然很細微，」她的聲音很輕，幾乎要飄散在風裡，「這樣吹著風會感冒喔，無論多麼強壯的人都會生病呢。」

但是不這麼吹著冷風麻痺自己的思緒，我會承受不了對妳的思念。我沒有說出口，我和她之間有太多話不需被說出就能清楚遞送到對方手中，這是溫柔，也是殘忍。

「我每天、每天都想著阿杰呢。」停頓，接著，說。「但是這樣不行，想念，就算只是想念，也會逸散到空氣裡，往對方在的方向飄去，總有一天會成為對方的呼吸，那麼好不容易才鬆開的手又會不小心抬起想抓住了。」

「我說過我不在乎，無論是失足或是溺斃。」

「正因為這樣，綑綁住我們的線永遠都無法被剪斷，我也是，即使逼著自己拿起剪刀，卻動彈不得。」

「寶寶……」

「阿杰，如果可能的話，我希望阿杰從來沒遇見過我，也永遠不會遇見我，但是啊，我卻祈禱自己能遇見你。沒辦法這樣吧，因為我已經遇見阿杰了，所以，神好像對我比較好呢。」

「我從來沒有想過沒有遇見妳的人生。如果沒有妳，我也不會成為現在的自己。」

「阿杰。」她輕輕唸著我名字，「這次，我真的要離開你了。」

她的聲音輕得彷彿想像，必須緊緊握住電話才能勉強搆住邊緣。

「阿杰。」

「嗯。」

「我真的，很愛你呢。」

「我知道。」

「嗯、但還是想這麼對阿杰說。」

「寶寶……」

「阿杰該睡了呢，已經很晚、很晚了。」這一瞬間我才感覺到寒冷，連同方才的寒風，像是忽然記起一樣，每一寸皮膚都感到刺痛，「阿杰。」

「嗯。」

「晚安。」

她說。

「晚安。」

我說。

然後電話掛斷了。

15 寶寶．我們只能失去

阿杰：

末日已經在我的體內到來了，我可以很清楚的感受到這一點，從離開阿杰的瞬間開始失速崩毀，但這不是阿杰的錯，在阿杰身邊的時候只是以比較緩慢的速度毀壞而已，像這樣一口氣的加速反而是件好事。不需要忍耐也不需要恐懼，即使每一瞬間和每一瞬間之間沒有斷續的想著阿杰也沒有關係呢。

那些在阿杰身邊的日子是我人生中最幸福的時光呢，即使什麼都不做，能夠靠著阿杰、不需要確認就能確定，我真的、真的很幸福。差一點我就要耽溺於那樣的幸福，自私的拉著阿杰走向懸崖邊，真的差一點點而已喔，也許只有幾公分的距離，就會和阿杰手牽手掉下去了呢，但就算這樣阿杰也不會生氣，還是會很溫柔的對我說沒關係吧，就是想到這一點才停下腳步。

阿杰真的太過溫柔了呢。

一不小心就會想吞噬那樣的溫柔，但是所謂的愛不是這樣，不是一起墜落。

我知道阿杰會經歷一段很痛苦的日子，比過去這些年的忍耐還要痛苦的日子，但是這樣的痛苦是為了痊癒，像是淋上消毒水或是為了切除腫瘤不得不先在身體上劃開傷口，一切都是為了痊癒，不只是阿杰，爸爸、媽媽或是佳佳都是。

阿杰是很勇敢的人，所以不用逼迫自己，只要像日常一樣生活著慢慢就會痊癒。一定。

這些日子以來爸爸媽媽和佳佳和我談過幾次話，媽媽幾乎每天都出現在我的住處，沒有人責怪我也沒有人責怪你，真正的愛是沒有辦法被責怪的，每個人都沒有懷疑過我們的愛呢。

雖然媽媽沒有說但我知道她也很心疼你，所以就算沒有我，阿杰身邊也擁有很多人，慢慢的慢慢的大家就會走近阿杰，跨過那一段曾經因為我而阻隔的距離。不要轉身也不要後退，不要因為得到愛或者幸福而害怕甚至自責，那是我反覆許下的願望喔，希望阿杰能得到幸福。

阿杰，這幾天我沒有哭，連想哭的感覺都沒有，因為已經不需要哭泣了。

但是往後的阿杰可能會流下很多淚水，這是好事喔，這也屬於堅強的一部分，我以前一直以為哭泣是一種軟弱，最近才發現，能夠哭泣才有辦法堅強，要是所有的什麼通通鎖在身體裡無法排泄，總有一天會把人給吞噬掉的。

阿杰，也許有一天我也能隨著你的眼淚蒸發，這樣阿杰對我的想念或是愛甚至是記憶也會越來越稀薄、越來越模糊，我不希望被阿杰忘記，到這種時候了我還是很自私呢，太過清晰的畫面會讓人以為那是現實，所以，留下一個模糊的影像就好。

等到那一天，阿杰再唱生日快樂歌給我聽吧。

16

或許有一天，當積聚在我體內的水分太多的時候，留在我身體之中的她也會逐漸被沖刷流逝，然而她的存在淡卻的同時連帶我也變得稀薄。在我之中含帶著太多的她了。

說不定這也是另一種永遠。

濃烈的藥劑氣味瀰漫在灰白冰冷的建築物裡，她蒼白而沉靜的臉龐就在面前，彷彿怕驚擾了她的沉靜每個人都小心翼翼，連呼吸都不敢太過張揚。

父親攙扶著阿姨，佳佳緊緊抓住手中的提包，在她周圍站著的人們彷彿進行一場演出，默劇，定格的畫面，沒有人移動也不發出任何聲音，於是呼吸成為最大的聲音。交錯著。

我一直不敢走近。

佳佳抬起眼深深凝望著我，那之中包含著複雜的哀傷與染著疼痛的寬容，她往後退了一步，同樣不引起任何聲響，於是她的身旁多了一個空位，佳佳仍然凝望著我以無聲的言語。

緩慢的，太過緩慢的我走近她的身旁，嵌合進佳佳留下的空位，我不敢看她因而對上父親蒼老而憔悴的面容，他同樣凝望著我，最後斂下眼，視線落在她的臉上。

我低下頭終於將目光停駐於她的臉龐，太過熟悉的面容，我的呼吸忽然有些艱難，阿姨的淚水滴在她的手背，順著弧度滑下沾濕了她的衣襬。她卻毫無所覺。

昨夜的我窗終究忘了關上，擱放在地板上的話筒響著微弱的單音，坐在沙發上我一夜無眠，沒有期待日光但天還是亮了。

父親打來了電話，我有些恍惚，盯著地板上的話筒直到鈴聲漸歇。然而，鈴聲又再度響起，我想起不是這裡而是擺放在桌上的手機，父親，終於我接起。

之間的記憶彷彿被消弭，無論多麼用力都擠不出一個片段，似乎故事就從那條冰冷的長廊作為接續，我往前走、一步一步踩踏在過於潔淨的廊上，整個身體被藥的氣味佔據，最後我推開門，沒有人回頭而我也只看見她。

——所謂的末日呢，不是引起什麼實質毀壞，而是從深層的內部崩解塌裂。

凝望著她，我的意識開始晃動，彷彿看見她嘴角勾起的笑，然而更仔細的確認卻又消失無蹤，於是反覆在她的微笑與消卻之中搖晃著。搖晃。

妳說。晃動著的妳的世界。說不定世界一直都在搖晃，只是大多數人沒有察覺而已。

父親用力扶著阿姨，將阿姨帶離她的身邊，或許這是為了留給我和她的餘地，佳佳旋開了房門，走出，接著是阿姨，最後是父親。父親輕輕帶上了門，在門被闔上的瞬間我聽見阿姨淒楚的哭泣聲，隔著門板卻籠罩著整間病房。

我只是安靜的凝望著她。

——這次，我真的要離開你了。

昨夜她的聲音清晰響著，伸出手我小心翼翼撫著她的臉頰，長長的睫毛垂落著，也許她待會就睜開眼說她睡不著，所以我盡可能輕緩不吵醒她。

但是等了很久、很久她都還睡著，我終於想起來，她已經不會再醒過來了。

再也不會了。

□

「最近我真的越來越貪心了呢。」

「嗯?」

「剛剛許的願是希望能和阿杰一起活到一百歲呢。」

「這不是貪心。」

「如果阿杰一直像這樣對我太好的話,我會得寸進尺的。」

「沒關係。」

「阿杰總是說沒關係呢。這樣的阿杰,說不定我永遠都不會鬆手。」

「那也沒關係。」

「阿杰才十五歲,不能這樣輕易就給出承諾喔。」

「妳也只有十五歲。」

「但是我比阿杰大上幾個月喔，為了讓阿杰一來到這個世界就不孤單，所以我先出生了喔，有一本書這樣寫著，那時候看了很開心呢，說不定我一直都在等著遇見阿杰呢。」

「既然這樣，為了讓我永遠都不孤單，一百歲那年先讓我死掉吧。」

「好啊，讓你一秒鐘好了。我對阿杰很好吧。」

「嗯。」

「那我們就努力活到一百歲吧，然後一邊聽著海的聲音一邊死去吧。」

「但是妳不喜歡海。」

「阿杰喜歡的東西我就沒辦法討厭呢，而且我想讓阿杰最喜歡的地方作為終點，這樣我們下輩子說不定就會從同一個起點作為開始。」

「嗯。」

「這樣我們下輩子就連十五年的孤單都不必忍受了。」

□

她的告別式非常安靜，任何哀傷都是沉默的，任何淚水也悄然無聲，沒有放上她的照片，不需要任何照片就能清晰的想起她，我沒有流淚，望著眼前的湛藍而沒有邊際的海，也許她會隨著浪漂離到我永遠都無法到達的遠方。

這樣才能真正的失去。

彷彿聽見她的聲音，**阿杰，我希望自己能永遠記住你，但是希望你盡可能的忘記我。**

她總是溫柔得如此殘忍。

今天的海風特別大，父親將她的骨灰交給我，我想所有人對我都太過寬容了一點，阿姨憔悴的臉被淚水沾濕，佳佳也是，甚至連父親也落下了淚。

阿伸撐著亞美的手，每個人都安靜的流著淚，沒有哭的只有我，但父親卻輕輕拍了我的肩，每個人都望著我，沒有憤怒也沒有責怪，彷彿將對她的愛都移轉到了我的身上。

——我沒辦法碰觸的愛至少希望阿杰擁有。

我走向推近又遠去的浪，所有人都駐足於原地，留給我和她最後的獨處。與告別。

但是我們已經在這裡舉行過告別式了。

將所有的她輕輕溶進大海，注視著她的離去，也許會漂到某個我所無法抵達的遠方，直到下一次來到這個世界；但也許下一次我們就會從相同的起點開始。

我會這麼相信。

我的手還是浸在海裡，彷彿這樣就能感受到她的存在，然而像是早已預料到一樣，她說過，當水分太多的時候就會帶走身上的沙粒甚至是她。

我感受著她的存在卻也感受著她的失去。

或許有一天，當積聚在我體內水分太多的時候，留在我身體之中的她也會逐漸被沖刷流逝，然而她的存在淡卻的同時連帶我也變得稀薄。在我之中含帶著太多的她了。

說不定這也是另一種永遠。

與另一種失去。

「走吧，天要暗了。」

「爸。」我用著沙啞的嗓音緩慢的唸出，我從來沒有說過的詞彙。「海水太冷了，說不定她會著涼……」

「為了不讓你擔心，寶寶一定會好好照顧自己的。」

她所做的一切都是為了我。

轉身的瞬間我的淚水終於掉落，天已經暗了下來，風越來越冷，艱難的踏出步伐，這一瞬間，我終於失去。她。

尾聲

那裡會有一天，清朗的、風不大、也沒有太陽。
適合唱生日快樂歌的日子。
在那天之前，我會勇敢。
並且細心照顧著會活很久、很久的烏龜們。
所以妳不要擔心。

我會勇敢。

The End

後記

阿杰和寶寶並不是我的第一篇故事，當然也不會是最後一篇，然而卻是我最難以放下的故事，或者該說，某種意味上他與她以及他們的愛情早已融入我的身體。因而寫與不寫總是兩難。

其實我沒有想過要續寫，但又其實我一直想寫，這些年來，反反覆覆寫了幾次，以《太近的愛情，太遙遠的你》作為時間軸的零點，從「三年後的寶寶」、「五年後的寶寶」到最後「五年後的阿杰」，然而無論之中書寫口吻的差異性多大，故事的走向都趨近類同的終點。

從起點就已經傾斜。他們。

《太近的愛情，太遙遠的你》起初的題目是「空城」，那是所有概念的起點。寶寶的愛情彷彿一座城，曾經華美輝煌最後卻傾圮毀壞，那不是任何人的盼望，城的興衰起落她無力改變，安靜的待在其中儘管每個人都離去。空城裡什麼都沒有，沒有人民也沒有守衛，或許有人會說，她只要離開就好，確實如此，只要離開就好，然而人生中有許許多多無法鬆手的理由，這座城、對阿杰的愛情已經是寶寶的一部分，抽離了以後就真的什麼也不剩了。

當然我明白，只要是續寫就一定會符合讀者的某些期望，也違背讀者的某些期望，或許對我而言也是，我希望他們能夠牽著手逃到遠方過著有些遺憾卻幸福的日子，真的，然而寶寶不是那樣的人，這甚至連身為作者的我都無法動搖。

最後，這篇故事不是寫給讀者也不是寫給自己，而是、寫給阿杰和寶寶。

Sophia

All about Love / 16

於是愛，向我們說再見

國家圖書館出版品預行編目資料
於是愛，向我們說再見／Sophia 著.
—初版.—臺北市：春天出版國際, 2013.02
面；公分.—（All about Love ；16）
ISBN 978-986-6000-49-2（平裝）
857.7

ISBN 978-986-6000-49-2
Printed in Taiwan

作　者　Sophia
封面設計　克里斯
內頁編排　三石設計
總編輯　莊宜勳
企劃主編　鍾靈
責任編輯　黃郁潔

出版者　春天出版國際文化有限公司
地　址　台北市信義區信義路四段458號3樓
電　話　02-7718-0898
傳　真　02-7718-2388
E－mail　frank.spring@msa.hinet.net
網　址　http://www.bookspring.com.tw
部落格　http://blog.pixnet.net/bookspring
郵政帳號　19705538
戶　名　春天出版國際文化有限公司
法律顧問　蕭顯忠律師事務所
出版日期　二〇一三年二月初版一刷
定　價　180元

總經銷　楨德圖書事業有限公司
地　址　新北市新店區復興路45號3樓
電　話　02-2219-2839
傳　真　02-8667-2510

16

All about Love

16

All about Love